緑の国の沙耶

Tsukakoshi Yoshiyuki
塚越淑行

鳥影社

緑の国の沙耶　目次

緑の国の沙耶

六月末、沙耶の通う語学学校の春のタームが終った。家が懐かしい、しかしせっかくの外国暮らしを途中で放棄したくない。淋しいなら帰ってくればという母の便りには、毎日がたのしいと返事を書いたばかりだ。ケーキ作りを習いたいが、学校をかわるとすれば今いる部屋を出なくてはならない、それが悩みで、クラスを一つあげてプロフェッセンシー試験を目指そうか迷う、いずれにしても早く決めねばならない。

エッジウエアー・ロードをマーブル・アーチにむかっていた。日差しが強く暑いと人々はいうが、日本人の沙耶にはすがすがしい陽気だった。歩いていても汗ばむこともない。地下道へのスロープをくだっていくと、低いゆったりとした曲が流れてくる。ストリート・ミュージシャンがコントラバスを弾いていた。沙耶は足をとめる。男は体を傾げて、まるで楽器にすがりつくような姿勢だった。上体そのものが肋骨を何本かとってしまったかのようによじれ、頭は完全に下をむいて表情は読みとれない。目をとじしばらく曲に身を任せていた。

地下道を抜けてハイド・パークに出た。土曜日なのにスピーカーズ・コーナーで演説する人がいる。新人が力をつけてきた……、保守党のサッチャー氏が注目されている。沙耶は英国の政治に興味はない。

しばらく歩き木陰で腰をおろした。芝生は柔らかく、微風が肌をかすめる心地よさに眠気を誘われる。ぼんやりしていると子供連れの若い夫婦が近くで寝そべっていた。母親がバスケットからボールをとりだすと子供は受けとり、空へ投げあげる。それたボールを走ってとりにいく。もどってきてまた投げあげる。父親も上体を起こし、物憂げに子供の動きを見守る。ボールが沙耶のところに転がってきた。

駆けてきた子供に手渡した。子供はじっと沙耶を見ている。なーにというふうに沙耶は首を傾げた。母親もやってきた。いい日和ね、と手で庇をつくって空を仰ぐ。日を浴びに家族でやってきたのだ。夏の光を大切にしなくては、と母親はいった。ノルウェーからきていたクラスメートにも夏至祭に呼ばれて太陽の大切さを力説されたばかりだったが、沙耶にはその感覚はなかった。あなた方も北の国からきたのですか。アイルランドよ、と母親は答えた。

いつの間にか母親は並んで坐り話を始めていた。子供が沙耶と母親との間に割りこんだ。

「おとといだったかしら、日本の家族を扱った番組を見たわ、曽祖母さん、お祖父さんお祖母さん、親子、四世代が一緒に住む大家族の日常、私たちの暮らしにつうじるものがあった」

父親もやってきた。ケイトにルーク、子供はロディーだった。ルークは青白く痩せていた。

「日本から語学の勉強にきたんですって、アイルランドにも興味があるそうよ」

独りで小さな部屋を借りているが、学校以外では人と交わる機会がないと沙耶が悩みをもらすと、じゃあ私らのところにいらっしゃいとケイトはいった。

「ダブリンにだってゴールウェイにだって語学学校はある、ロンドンに比べれば授業料も生活費も安いし、休みには私たちの家に泊まりにくればいいわ」

「うれしいけど……」

ケイトは沙耶の逡巡を見抜いてか、さらに熱心に、「休みなら遊びにいらっしゃい、自然がいっぱいよ、それにあんたをもてなしたい気持も、絶対私たちといくべきよ」

にこにことルークもうなずくのだった。ロディーまでが親の後押しをするように手をさしのべた。

沙耶の返事を待たずに、話はいつか具体的になってしまった。彼らはルークの体を診てもらうために一家でイギリスまできたのだった。

「ほんとはもっと早くに結果が出て帰っているはずなんだけど、理由が今分ったわ、こうしてあんたに会うためだったのよ」

なぜここまで親切になれるのだろうか。恐いもの知らずに突っ走ってしまう一面をもつが一方で、臆病といえるほどに慎重にもなる沙耶、ここは日本ではないのだ、意想外の幸運だがやっぱり断ろうと気持は傾いた。

「何が気にいらないの？」

「気にいらないなんて……、逆です、好都合すぎるんです、イギリスにいる間に訪れたいと思っていました」

「それじゃ問題ないじゃない」

「迷惑かけたくないから」

「何それ」と今度は笑った。「好意は受けろ、それが人生をたのしむ秘訣よ。それにあんた大袈裟だわ、たかが招待を受けるかどうかのことなのに」

アイルランドの何に興味があるのと聞かれた。

貧しいけれど緑豊かな国。石垣、灰色の空、海草を干す一家、漁に出る男たち。死んだ祖父と見たドキュメンタリーだった。

風呂からあがってパジャマ姿で居間にいくと祖父が一人テレビを見ていた。外国を舞台にしたある一家の話だった。時化た海へ島民が漁に出ていく。木っ端のような小さな船が波にもてあそばれる。今にも沈みそうだ。どんよりと重い雲が空をおおっている。白黒の画面だがそれゆえにかえって暗さが分る。光など無縁の世界だった。妻らしい女が岸で心配そうに見送っていた。漁師の父親も兄もこの海に命を奪われたとナレーションが語る。生きるためにそれでも海へ出なければならない。場面は一転し、島を俯瞰した。陰影だけの世界は変らない。白黒の画面ということを差し引いても、ここには色彩がないのだと思わせる雰囲気に満ちている。沙耶は我知らず引きこまれていた。黒い線がいく筋も四方八方に伸びている。レンズが下りていくとそれは石垣だった。何人かの人がいた。彼らは砕いた石を手作業で積みあげているのだった。常に強風に晒されている島は土というものが足りない。吹き飛ばされてしまうのだ。土がなくては畑はつくれない、作物は育たない。蜘蛛の巣のように伸びた石垣は畑を守るためなのだ。時間と労働を費やして羊や牛の糞と海草で育てたわずかの土でポテトをつくる。クローズアップされた男の顔には雨や風や潮に、そうして暮らしに刻まれた皺が深い。男は島を捨てる気はないと語り番組は終った。どこなの、と沙耶は聞いた。途中から見たのではっきりせんがアイルランドの小さな島らしいと祖父。生きるということには死ぬことも含まれていると、溜息のようにつぶやいた。六年前の、結果として死の旅となった祖父念願の四国巡礼に出る前日のことだった。

そんな孤島はいくつもあると、ケイトはいった。沙耶の見たドキュメンタリーの島がどこか調べてくれるともいった。

言葉を駆使する力はケイトのほうが上だった。沙耶はいいまかされて快かった。

旅の準備は簡単だった、もともと旅にいるようなもの、持物も多くはない。三日後の朝、沙耶はケイトたちに合流した。コーチでホーリーヘッドまでいき、連絡船でダンレアリーに渡る。

ホーリーヘッドまでは順調だったが、アイリッシュ海が時化て出航は遅れるということだった。いつ出るか分らずに港をはなれるわけにもいかなかった。

気紛れな大粒の雨が落ちてきてしかも風にあおられる。雨はやみ光がさす。しかしいつまた降りだすか分らない。あてにならない空模様だった。沙耶はこの天候の変りやすさになじめない。

ルークによるとアイルランド島もブリテン島も気候は似ている。晴れた青空を突然西から黒雲が走ってくる。天候が安定するのは夏の一時しかない。馴れてはいても干草刈りやポテトの収穫時には苦労させられるらしい。特に彼らの住む北の地方は変りやすく、大西洋からの風が犯人だそうだ。農作業に関わるという点では大いに気にするけれど、それ以上のことはないと語るルークは、細い体が右に傾き、白い肌、手足も華奢で大地に生きる男とは見えなかった。

冬の厳しさが話題になった。秋から冬、遅い春先まで暗く重い雲におおわれる、風が吹き雨や雪が降る。霧にもまかれる。それはそれでいいものよ、とケイトが安心させるつもりかいいたした。気温もロンドンとさして変らない。それを知って沙耶は少しほっとする。

でも今は夏よとケイト。緑が美しい、そこに黄や白の花が咲く。空だって青いのよ。

ロディーはケイトにもたれながら大人たちの話をおとなしく聞いていた。静かな子供だった。ぱっちりとした見えすぎるような目で大人たちを見ている。この子は生まれたときにここにこと笑ったの、確信したわ、私たち一家に幸せをもたらしてくれる子だと、とケイトはいう。

深夜を過ぎてやっと出航可能になった。コーチにもどり、そのまま船にのみこまれ、それから船室へあがった。ロディーはケイトに抱かれて眠っている。ルークもソファーに横になってしまった。ダブリンからコーチを乗り継がなくてはならない。彼らのキレン村につくには四時間かかるという。北の果て、という響きがあった。南とは違う、はるかに閉ざされている、彼らの語り口からそんな印象を沙耶は受ける。少しでも眠っておいたほうがいいと、ケイトは沙耶に注意する。

海は凪ぎ揺れもおさまっていた。そう気づいたとき、すでにエンジンは止まっていた。港についたのだ、しかし下船は始まらず、船全体が眠りのなかにいる。夜明けの気配に満ちていた。北の国の夏、夜は遅く朝は早くおとずれる。

やがてさざめきが立ちだした。沙耶は化粧室で顔をあらい髪をとかし身支度を整える。

人々が行き来する。ケイトも目覚め、洗面にいく。ルークはまだ眠りのなかだ。かすかにひらいた口の周りには少年のような産毛が生えている。体つきのせいか一人前の男には見えず、若すぎて夫としてのあるいは父親としての威厳もない。ケイトの弟分、昨日一日を振りかえってもそんな感じだった。華奢な体も病のせいとそこまでの想像はつくけれど、わざわざロンドンまで診察を受けにくるほどの病とは何だろう。

「何見とれてるの」と頭上から声がした。

沙耶は慌て、「見とれてんじゃないわ」とつぶやいた。

ケイトは問うような眼差しで見おろしている。

「ルークはロディーのお父さんでしょう、だけど彼が子供みたいだから」

「父親というには心もとないわね」

「そう感じるの？」

「はなからこの人に父親を求めはしないわ」

夫としての責任も求めはしないとはっきりいう。ルークは成長しない、ピーターパンのように永遠の子供、いつかロディーにも追い抜かれる。そう信じているらしい。断言ぶりにそれはあらわれる。

「でも……、なぜ？」

「いろいろよ、直接の理由はあの体、弱くて一人前の男にはなれない、あの人自身それを認めてるの、この体だから僕はだめなんだって」

周りの者に同情され、一生これでいいと思っている。ときには腹が立つけれど、私も甘やかす一人、とケイトは渋い顔をする。

ざわめきの広がりにケイトは話を打ち切り、ルーク、と呼びかける。そばにより体を揺すった。少しずつ覚めていくようだ。細目をあけ自分がどこにいるのか探る。朝よ、下船が始まるわ。

建物の煉瓦の色はイギリスと違って赤みが少ない。ケイトによるとダブリンはロンドンのような派手さはない。その分落ちついていて帰ってくるとほっとする。故郷につけばもっとほっとする。ほっとしすぎてがっかりする。物足りない。

ルークがたくましい野心家だったなら手を携えて外界へ羽ばたいたのに。独りででも出ていきたいが家族のためにとどまっている。私は一生彼のお守だわ、とケイトは沙耶の耳に囁く。ルークを好きなんでしょう、と沙耶も囁きかえす。そんな感情過去のものよ、私がいなかったら彼はどうなるか分らない。気の強さをあらわに、自信たっぷり口惜しさたっぷりのケイトだった。

バス・ステーションに到着した。イギリスではコーチと呼んだのに、ここではバスだった。時刻表を調べると、二時間後にドネゴール行きのバスは出る。少し歩くことにしてオコンネル・ストリートをめざした。夜の名残の饐えたにおいがただよっていた。カフェで朝食をとり一休みしてひきかえした。

道すがらの風景はイギリスと似ているようで違っていた。あるいは天候に微妙に左右されるのかもしれない。それとどの程度人の手がはいっているかよ、とケイトはいう。一口に自然といっても、人の手のはいったうえでの自然と手つかずの自然は違う。

日は輝くが、青い空は深く、直視できないような眩しさはない、焙られるような熱気もない。日本でいえば初夏の陽気かと沙耶は思う。しかし一年中でもっとも暑い時期らしい。牧草地には羊や牛たちがいた。緑が濃い、丘をのぼっていく道に沿ったオークの並木もあるいは生垣も鮮やかだった。ここは石垣でなく生垣なのね、と沙耶はいう。そうよ。それが何というようにケイトが顔をむける。ううん、テレビで見たのは石垣だったから。

ドネゴールについた。田園風景が途切れ家が増えだしたと思うとすぐに町の中心にきていた。州都といってもそれくらい小さな町だった。南と違って北のドネゴール州には大きな町はないらしい。バスを降りると、若者が待っていた。ケイトやルークと抱きあうわけではなく握手だけだった。リアム、とルークが紹介してくれた。リアムは充血したような目をじっとむけてくる。思わず沙耶はたじろいだ。沙耶、日本の人、とリアムにいう。うなずきながらリアムは握手の手をさしだした。ふっと空気が動き鼻をつく。固く握られた。愛想よくしたらとケイトは注文をつけるが、リアムは微笑さえ浮かべない。しかし沙耶の一目で得た恐いという印象が消えていく。なぜだろう、固く握られた手の印象だろうか。優しさを感じたのだった。

トゥインよ、似てるでしょとケイトが明かす。沙耶はうなずいたが、似ているとは思えなかった。サイズが違う。リアムはがっしりとしている。よく見なさい、とケイト。ルークがおどけてリアムを押さえ、二人並んで直立する。目、鼻、口、顎と一つ一つを比べると似ているのかもしれない。子供のころは母親以外の誰にも見分けがつかなかった。私はしばしば騙され癇癪を起こしたものよとケイト。二人は泣くのも笑うのも怒るのも一緒、しかし成長するにつれて外面も中身も乖離していった。陽気なルークに陰気なリアム、脆弱なルークに頑強なリアム、怠け者のルークに働き者のリアム、今では何でもが対照的なの。

いきちがう人の話し声がとどく。ほっとするわとケイトはいった。癖のある抑揚がいい、同じ英語でもダブリンとは違う、ましてロンドンとは。沙耶には比べられない。それよりも前をいくリアムが気になり、ケイトに気づかれないようにと意識した。そういう自分が分らず混乱していた。少し歩いてエスケ川岸に出、そこに箱形のボクスホールがあった。バックドアをあけ、リアムが荷物をいれる。

しばらくいくと家並みどころかぽつんぽつんとあった家々さえも消えていく。細いイグサのような、しかし丈は短い草に覆われた原野の脇をとおりかかった。道の端をどこからか湧き出た水が流れている。ボグよ、とケイトがおしえてくれた。これがあるから冬を凌げる。リアムとお父さんがターフをとるの、この人は手を出さない。掘りだすのも運ぶのも僕にはきつすぎるとルークは理由を述べる。

「ねえ、結果を聞かないの」とケイトが後ろの席から運転するリアムに話しかけた。

「どうだった」前方をむいたままリアムは応じてたずねる。

「今の状態を保つよう努めなさいって、分っていたわ」

「残念だな、でもいつ好転するともかぎらない」

「そういうことをいうから、ルークも悪あがきするの」

そのためにみんながどれだけ無理をしたか、双子の祖父、父親が生涯かけて岩をとりのぞき造りあげてきた牧草地や農場の一部を手放し、家族中が仕事よりも彼の世話を優先し、ルーク中心の一家になってしまったと不満げにいいつのる。そうさせたのがリアムという口調だった。

「あんたの気持も分るけど、いいかげんにしなさい」

ルークもリアムもおたがいを縛るのはやめてほしい。家族は二人だけではない、ケイトにロディー、父親のカハルもいる。

「今回だって私とお父さんは反対したわ、それなのにあんたがいつものように後押ししたんじゃない」

ここまで回復したのが奇跡だった、それでよしとしよう、とカハルが話しあいを終らせようとしたときリアムが、ルークの気持がおさまるならいってみてもいいんじゃないかな、とくつがえしたロンドン行だったらしい。

「だけど……」

「そんなの関係ない、僕はいくと決めたらいく」とルーク。

「そうね、いつだってあんたは思いどおりにするの」

そこで話は途切れた。みんなが気持を変えようといったん黙り、とりとめない会話にもどっていく。

この夏のポテトのできはいいだろう、カラスムギも順調に育って八月には早めに収穫できるだろう、とリアムは満足そうにいいだした。ポテトは僕が掘りだすとルークはやる気を見せる。頼むよ、とリアムが応じた。ケイトが沙耶にどうせ口先だけと読みとれる目をむける。ルークとリアムが双生児、ケイトはルークの妻といってもそれは表側、裏には別の複雑な何かがありそうだった。

やがて青々とした牧草地が広がりだし、羊が群れていた。ようこそキレン村へ、とルークがいった。柵で分けられて牛も何頭かいた。その間の細い道をしばらくいき彼らマコーマックの家に到着した。大きな家に大きな敷地、ブブとモロイという牧羊犬が二匹尻尾を振り振り駆けよってくる。ケイトに近づき、服が汚れると拒まれ、ロディーに体をすりよせる。簡単に彼は倒されてしまい、でもうれしそうだ。

カハルが片足を軽く引きずるようにして戸口で出迎えた。背丈はリアムより低いが横幅があった。日になめされた皮膚をして、顔は皺が深い。いかにも農家の主人という朴訥な風貌だ。抱擁が終り、ケイトが沙耶を紹介する。

カハルがつくったというトマトの酸味のきいた冷たいスープとハムにレタスのサンドイッチの昼食をテラスでとり、ケイトの後片づけを手伝おうとしたとき、沙耶は意識が遠のきそうになった。気づくとテーブルに両手をついて耐えていた。一瞬のことだったので気づかれはしなかったが、すぐに顔が蒼いと指摘されてしまった。

「疲れたみたい、船で眠れなくて」

「しばらく横になりなさい」

客扱いをするわけではない、疲れたら休むのが当然というのだった。もっとも決して疲れない人が一人いるけどね、といたずらそうに笑った。リアムだった。若いころのカハルもそうだったが今では年老いた。大黒柱はリアムでカハルも一歩譲っている。私たち三人は寄生虫とケイトは憚らずにいう。

「そう望むのがリアムなの」

後片づけもすんで窓から外の風景を眺めていた。ゆるやかな丘の連なりがつづいていた。点在するというほどにも家がない。アイルランドでも北のこの地方はもっとも田舎なのだ。

シロップをいれた瓶が庭の石の上においてある。ハチがその周りを飛んでいる。警戒し、しかし誘惑に負けてはいりこみ溺れるのは時間の問題だそうだ。何匹ものハチの浸かったシロップは人の体に滋養と健康をもたらす。

いつになっても拓けはしないだろうとケイトはいった。けれど一家の誰もがよその地へ移ることなど考えられないくらいにこの土地と風景を愛している。何代も前からこの地に生きてきた。岩をとりさった牧草地に雑草ははびこらず、美しい広がりを見せる。この土地さえあれば、食うに困ることはないだろうと思われたのに、リアムの意見で一部を切り売りしてしまった。父親であるカハルもルークを不憫に思うのか結局反対しきれないのだった。

姉が二人いたが彼女たちは夫についてそれぞれカナダとオーストラリアへいってしまった。ときおりの便りだけのつながりで会うこともない。

見方を変えればここにいる者たちは置いてけぼりにされたともいえる。なまじ土地があり食べていけるから。贅沢な感情だといわれるけど、そうなの。ケイトは何でも話す、何気ないふうでもひどく大事なことの含まれている気がして、沙耶は聞き流すことができない。
すすめられるままにシャワーを浴びベッドに横になった。すぐに深い眠りに落ちてしまった。起こされたときは夕食の時間だった。ケイトやルークも沙耶ほどではないがたっぷり眠ったらしい。

夕食といっても外は明るい。ポテトのサラダにローストビーフ、茹でたキャベツに人参がメニューだった。リアムとカハルはたっぷり食べる。ルークは小食だった。
翌日から沙耶は家族の一員のように家の手伝いをした。ロディーの面倒も見る。客扱いされるよりたのしかった。島の名分った？　と聞いた。リアムがいうにはアラン諸島らしいわ。いきたいな。いつかね、と興味なさそうだ。語学学校の案内書がほしいというと、学校なんてここにはないとケイトは答えた。だって……。学校は九月からよ、それまではのんびりしなさい、それに語学学校ならここにいたほうがよっぽどいいんじゃない、私たちが先生よ。でも迷惑はかけられないし。何が迷惑、ちゃんとあんたは手伝ってくれて役にたつわ。

三日たち、日曜日がきた。一家は教会のミサにいく。沙耶も同行した。どこから集まってくるのかたくさんの人がいた。しかも誰もが顔見知りのようだった。讃美歌が歌われ、神父の説教があり、厳かにミサは進行する。ロンドンで連れていかれたバプティスト教会の礼拝よりはるかに儀式ばっていた。牧師は背広姿だが、神父はミサ用の衣装を身につけ従者も多い。ルークは裏方の仕事をしているそうだ。終りに近づき信者たちは列をつくる。ひざまずきパンと葡萄酒を受ける。沙耶はくわわらなかった。

外に出ると空が少し暗かった。しかし雨にはならないだろうと、空とはいつも真剣勝負の農夫の勘でカハルがいう。人々が挨拶をかわしている。一家も何人かの人たちと言葉をかわす。ロディーと同じくらいの男の子を連れた女性が近づいてきて、ケイトと抱擁した。リアムやカハルと握手をする。いつ帰ったの、と女性は聞き、三日前とケイト。

「で、どうだった?」

ケイトは肩をすくめた。女性は憂い顔に同情を示す。その胸でシャムロックのペンダントが揺れた。

「この人沙耶、日本からきたの」と突然ケイトが紹介した。

沙耶はあがってしまってただ笑みながら、手をさしのべた。

「お目にかかれてうれしいわ、私はエバ、よろしくね」

「穏やかで、私と違って裏表がない人よ」とケイトが説明する。

「私と違って?」思わず沙耶は聞いた。

「そう、エバは生まれつきお嬢さん、そこからもう違う」

ただし私は裏表があってもどちらも隠さないと自分でいう。沙耶には意味がとれない、今に分るわとケイトはいうだけだった。

「これは私の息子です」とエバは男の子の肩に手をおいた。

散歩中の犬同士のようにヒューゴとロディーはたがいを観察している。顔見知りでもあり興味がある、しかしすんなりと交われない、そんな感じだった。

男が近づいてきた。パットと名のった。静かな印象で、アイルランドの男の特徴だろうかと沙耶は思う。日本の男とは違う、イギリスの男とも違う。僕のものというふうにヒューゴが彼を見あげる。パットの手がヒューゴの頭で遊ぶ。髪が乱れヒューゴはうれしげだ。別れを告げ、三人並んで去っていく。

「幸せそうな家族ね」

「そう見える？」

「だって仲睦まじく帰っていくわ」

「エバとパットは夫婦じゃないわ。ヒューゴは父無子よ、ロディーと前後して生まれてきたの」

パットとエバは生まれたときからの幼馴染みでずっと兄妹のようだった。でもそれだけではないと周りでは見ている。気づいてないのは本人たちだけと。

「エバには相思相愛のアダム・マコートがいたの」

エバを誰にもやらないと子供のころからアダムは突っ張り、特にパットを意識していた。パットのほうはアダムの感情を知ってか知らずか自然体でエバに優しい。その態度がときにはアダムを苛立たせた、それは僕がエバに見せたいものだというように。

そのくせ二人は仲よかった。エバには登れないオークの木の高みに登り肩寄せあってひそひそと何かしている姿に、エバにもはいっていけない男同士の友情と呼べるものを見た気がして、女であることが腹立たしかった日もある。アダムにあたれず、帰り道アダムと別れてからパットにあたった。そんな三人だったが、ケイトの言葉によると七年前、エバはアダムに捨てられたのだった。

エバ・ハミルトンは泣くまいと懸命にこらえる。他所でどんなにお金を稼げてもここの暮らしにはかえられない。泣いたりしないでいうべきことをいわなくては。しかしいざ口をひらくと彼の気持に添ってしまうのだった。

「恐いの、離れ離れになるのが。どうしてもいくというなら私も一緒にいく」

「分ってほしいこれはきみのためでもあるんだ、きみを危険にさらせない。三年たったら必ず迎えにくる」

アダム・マコートの眼差しはたじろぐことはない。エバも頬が染まるほどに力をこめて見つめかえす。

「この国だって少しずつましになっていくとは思えない？」

「僕たちが年をとっていくほうが早い、間にあわない」

三年なんてあっという間さ、とアダムはいった。クリムの森を歩いていた。雨があがったばかり、風がハンノキやカシやクヌギの葉をそよがせ、葉ずれの音は小川のせせらぎにまじる。二人が初めて愛しあった場所だった。きみはいつもとびきり上等なキスをくれたとアダムは振りかえる。あんたがねだるからよ。困るのはキスの後、アダムが自分を抑えがたくなることだった。落ち葉、若草、彼の上着が褥だった。でも今は雨のしずくが邪魔をする。

辛いとき苦しいときは祈りなさいと小さなときからおしえられてきたエバは、アダムと別れてから教会へ立ちよって祈った。けれど祈りを唱えながらも心に湧いてくる思いのほうが強く、無心にはなれない。

安らげなかった。新たな別の悲しみをもたらしたに過ぎなかった。

「またアダムと会っていたのかい」家にもどったエバを母親が咎める。「家の手伝いもしないで」

「ごめんなさい」

ハミルトン夫婦は親として好都合と見ているのかもしれない、遠く離れれば心もまた離れていくと。あの家の人間は信頼できないといつか父親はマコート一家についていっていた。

夕食後、エバは月明りのなか庭を横切ってパットの家にむかった。パットは学校が終ってから父親と一緒にハミルトン農場で働いている。パットの父親は独立を望んでいたがそれはかないそうにない。人がいいだけでそれだけの計画性がやつにはないと、雇主として父親はいっていた。むしろパットを買っている。息子のショーン次第だが、もし彼が別の道へすすむならパットに農場を譲ってもいいとさえ考えている。

エバはフクロウの声をまねて二回鳴き、間をおいてまた二回鳴いた。パットの親たちは気づくだろうが顔を合わせたくなかった。すぐにパットは出てきた。

足は川へむいていた。誰にもいえない、けれど一人で胸にしまっておけないことがあるとパットを誘う。

星がいくつかまたたき、そこを異質な光が移動していく。見て、とエバは指差した。パットも見あげ、方角からするとノルウェーかスウェーデンへむかっているのだろう、と推量する。

ウィローの木の下に腰をおろした。川面が揺れるのを気配で感じた。本物のフクロウが鳴いた。

「どうしてもいくって、運命は切り開くものだって」

何もしなければ始まらない、こんな小さな村の貧しい雇われ農夫で終りたくない。

「そういう気持、分るの、反対しきれない。だけどアメリカに手づるはないでしょう、いってから働き場所だって探すのよ」

「僕には、あてがあるっていってた」

「本当に？　なぜ私にはそういってくれないの」

「分ってやらなくちゃ」

「駄目ね、アダムとのやりとりをあんたと繰り返してる。……気がかりなの」アダムはどうなっていくのか。「それに、異国の地で一人は淋しいでしょう、誰かに慰めてもらいたくなるかもしれない」

パットに肯定も否定もない。信用しようよ、といいたいのかもしれない。

エバは胸が苦しくなる。「ごめんなさい、黙って見送ろうと決めたのに」

貧しくとも故郷に違いないのに。青空も雨を呼ぶ灰色の雲も緑の丘も馴染んだものだ。少し湿った甘い香りに満ちたこの夜の気配だって美しい。自然がある、十分ではないか。けれどアダムはエバの夢の枠にはとどまらない。彼の野心はふくれ、質を変え、重ならない部分が少しずつ大きくなってしまった。

フクロウが鳴き、川で魚が跳ねたのか水音がひびく。流れた涙をエバはぬぐった。

「あんたはどこにもいかないでね」

勝手な願いと分っている。パットも本当は故郷を出て自分を試したいのかもしれない。男たちの熱病のようなもの。出ていき、成功してもしなくても、一味違って帰ってくればいいと年嵩の人たちはいう。

アダムの送別会という名目でジョージ・スクエアーのノーザンシーに若者たちが集まった。アダムをとりかこみ、ラガー、ギネス、ウイスキーをすすめあい、乾杯しあっている男たちを、エバとマーサは眺めている。ジョンが背伸びをし、周囲を見やり、エバを見つけだして手招きする。もみくちゃにされるわよ、と自分がそうされたいというようにマーサがささやく。ケイトがエバの背を押した。

エバは輪のなかにはいっていく。アダムが迎え、腕をまわして抱きあげるとくるりと一回転した。それからキスをねだる。今日の主役はアダムなのだ、拒めずエバはキスをする。アダムはしかし不満げだ。僕がほしいのはいつものの上等なやつだよ、と目がいっている。みんなも手を叩いて囃したてる。

アダムの唇が迫る。エバの背が反る。美女と野獣、小さな声がいった。それをものともしないアダムの熱いキス。舌を絡め、思いのたけを流しこむ。マーサの声があがる。アダムそういうのは二人になったときのためにとっておきなさい。マーサのやきもち、と彼はいいかえす。笑いが弾けた。私も心からのキスを受けたいわ。あてはあるの。うーん。マーサは思わせぶりに男たちを見まわす。

リアムが遅れてやってきた。ルークは具合が悪くなってこられないと詫びた。ひどいのかとアダムはたずねた。リアムは首をひねる。そばにいてやらないの、とアダムはケイトに視線を移す。いつもの気まぐれよ、とケイトはそっけなく返す。彼女だけが先にきていたのだ。結婚式いつだった。来月よ。するとアダムはケイトの耳元へ顔を近づけ声を落とした。何でリアムでなくルークなの？　ケイトに動じる気配はない、返しもない。アダムは満足したように笑む。僕は残念だけど出席できない。アメリカだものね。

フィドルが演奏を始めた。みんな踊りだす。アダムもエバの手をとり、回転を始める。いきなりクィックステップだった。エバはアダムから離れ、もどり、また離れる。リアムとケイトも踊っている。アダムはマーサと踊りだす。農作業で鍛えた体と無骨な顔、誰と踊っても野獣に違いない。エバもそこに引かれる。二人は息が合って踊りそのものをたのしんでいる。アダムをいかせてしまう代償は何だろう、ふと思った。

アダムが手を叩き、演奏をとめた。みんな聞いてくれ、僕は宣言する、これはエバにいってきたことだ、僕はアメリカに基盤を築いて三年したらもどってくる、そうしてエバを連れていく、残念ながらここに住むことはもうないだろう、でもきみたちは僕の友人だ決して忘れはしない、きみたちのなかにもアメリカやオーストラリアを目指している者は何人もいる、僕らは世界中に散ろう、成功して再会しよう。アイルランド魂万歳だ。

みんないっせいに拳を振りかざして繰りかえす。軍隊から帰ったばかりのトムも頬を染めて叫んでいる。ジョンもサミュエルも出国するだろう。世界の切りかわりどき、この国もどうなっていくのか模索中だが、アイルランドの若者は明るい見通しをもとうとしないで先人たちのように移住をえらぶ。成功を信じて、その何倍もの不成功があると聞かされても他人事だ。アメリカでどんなに悲惨でもアイルランドよりはましなのだ。

「リアムは?」それぞれ席にもどり話が始まり、アダムが話しかける。

「僕は、農場があるし、家族がいるから」

リアムの場合は責任重大だった。そのために迷い悩むこともない。彼は誰よりもよく働く、それはみんなが認めている。難はつきあいの悪いことだった。ジョージ・スクエアーから遠いし、ケイトやルークがいて仲間を外に求める必要性がなかった。

「ケイトとルーク結婚するんだね」サミュエルたちと談笑するケイトに視線を移し、アダムが念を押す。

「ああ……」

「だけど彼らは、家を出ていかない、今までどおり一緒に暮らす……?」

それが何を意味するか、誰にも分ることだった。エバはそばにいてハラハラした。

「それでいいの?」

「もちろん、みんなで農場をやるのさ」

「留まる者がもう一人いる、だけど彼もいくべきだと思わない」

「さあ……」とリアム。

「いいや、僕はここにとどまる」とパットははっきりと返す。

「そう聞くと僕も安心だけど」とアダムは微妙な気持をのぞかせながらちらちらとエバに目をやり、

「頼むぜ」

うなずくパット。どれだけの意味をアダムは含ませ、パットは汲みとっているのだろう。

パットはアダムの耳元に顔を近づける。「アダム、きみが迎えにくるまでだ、絶対に約束を守れよ」

「愛してる」興奮気味のアダムがエバを抱きしめる。

抱擁する二人にむけたパットの表情は変らない。

放浪者がいつになくたくさんきているから気をつけろと誰かが噂をもちだした。それから雑談がつづき、ひとしきり歌い踊り、送別会は終った。若者たちは群れて家路につく。ルークによろしくねとエバはケイトにいった。他のこともいいたかった。けれど言葉が出なかった。

きたばかりということもあるが、この家の家族関係はよく分らない。カハルはリアムに一目置いている。そのリアムは双子の弟ルークに一歩譲っている。一家で唯一の女性であるケイトは大きな顔をして不満も抱き、いいたいことをいうという感じだった。ルークはどうなのだろう。ケイトはピーターパンにたとえた。傷つかないのだろうか。心をたとえてのことだろうけれど、体にもあてはまりそうなのに。そんな斟酌はケイトになさそうだった。

一日の労働が終り夕食後、顔なじみの集まるバーへ一杯やりにカハルはジョージ・スクエアーへ出かけた。ケイトと沙耶が後片づけを始めると、ルークとリアムとロディーも自転車で出ていき、女二人が残された。シンクなど丹念に磨いても後片づけはすぐにすんでしまい、ケイトが裏扉を出ていこうとする。沙耶はあとを追った。

「どこいくの」

「いけば分るわ」

「ルークたちは？」

静かにというようにケイトは唇に指をあてる。思わず沙耶はうなずいた。

歩いていると野のかおりが漂った。柔らかな水のかおり、湿った獣のにおいと、ここではそれぞれの自然が調和しながら際立っている。

川辺にやってきた。ケイトの足の動きをまねて沙耶も音を立てまいと慎重になる。男たちは水に浸かっていた。笑い声が響いてくる。ケイトは近づいていく。胸をどきどきさせながらためらい、しかし沙耶もついていく。男たちは気づかない。無邪気に水をたのしんでいる。いい眺めでしょうとケイトが囁いた。シャワーを浴びるより、こっちのほうが好きなの、リアムは真夜中にだってくるわ。ルークの背骨が歪んでいた。カリエスの後遺症よ、とケイトが説明する。背も満足に伸びない。一見普通の男子にも見えるがこうして裸になった二人を比べると、違いは明白だった。胸や肩の張り、腹の締まり具合はまったく違う。コルセットをはめ寝たきりの時期もあったそうだ、水浴も二十歳のころに再開したがあまり好きではないらしい。ルークに抱かれてロディーは泳ぎたいのか四肢をバシャバシャさせる。ルークは顔をそむけ、リアムが手をさしのべる。ロディーが手から手へと移動し、ひょいとリアムに肩車された。知らぬ間に恥ずかしさも胸の鼓動も忘れていたがふたたび高鳴った。

「素敵でしょ、彼」

「えっ」

「リアムよ」

見栄えはする、しかし沙耶には素敵かどうか分らない。

「恥ずかしいわ、盗み見ているの」

「私たちも浸かる？」

いきましょうと沙耶がうながすと、おぼこねと笑ってケイトはきた道をたどりだす。

夜のかおりは甘く素敵だった。大地の呼吸も感じられる。男たちはまだ帰らない。ケイトと沙耶はヴェランダで待つ。二つの小さな光がかすかに動くのをとらえ沙耶はびくりとする。それを察してケイトが、キツネよと告げる。見えるの？　もちろん、あんたには見えない？　見えないわ。そのうち見えるようになるわ。そのうちって？　一年か二年か、とにかくそのうち。

男たちが帰ってきた。リアムがつくったという背負い籠のなかでロディーは眠っていた。ケイトが抱きとる。遅かったわね。ジョージ・スクエアーまでいって一杯やってきた。

「マーサやジョンたちがいた」

「ノーザンシーね。パットとエバは」

ルークが首を振る。

男たちも椅子に腰掛ける。お父さんはとケイトが聞いた。会わなかったらしい。ルークがげっぷをする。ケイトが顔をゆがめ、立ちあがる。ロディーを寝かせにいった。

水を汲んでもどってきた。気持よさそうにルークは飲む。うるさいケイトだがよく気がつき、ルークのすべてを分っているという感じだった。並んで坐り手をむすぶ。二人をはさんでむこう側にリアム、こちら側に沙耶がいた。ランプの鈍い光がリアムを浮きあがらせる。リアムは沙耶と目をあわせようとはしない。そのくせ気がつくとじっとこちらを見つめている。どうとったらいいか分らない。ルークに比べるとリアムは表情も足りない。つい沙耶は見比べる。双生児といっても違いは一目瞭然だった。

やがてカハルも帰ってきた、酒臭かった。一休みもせずに、明日も早いからといってベッドへむかった。リアムも立ち、みんなが家内に引きあげる。

十九歳のショーン叔父さんは面倒がってヒューゴの世話を避ける。ヒューゴにしてみれば逞しい叔父さんのする何事でもまねたいのだが。日曜日の午後、ショーンは裸馬に乗りだした。ヒューゴの周りを緩やかに丸く走る。ヒューゴは自分も乗りたくてたまらず、僕もと叫ぶ。かまわないけどさ、きみのママが卒倒するぜ、と冗談まじりにショーンは断った。乗りたいなら姉さんの許可をとりな。ヒューゴは遠くで眺めるエバのところに走り寄る。だめ、あんたにはまだ無理。たちまちヒューゴの目に失望と恨みとが浮かぶ。馬に乗ったままショーンも近づいてきた。誘惑しないで。彼は肩をすくめた。ヒューゴはべそをかきだした。どんな頼みでも聞きいれてくれるパットがやってきて、ショーンと一緒なら大丈夫さと受けあう。たちまちヒューゴは顔を輝かす。エバを確かめ、パットはひょいと子供をもちあげる。ショーンも腰を丸めてずらし、ヒューゴを受けいれる。遠くにいかないで、ゆっくり走って、エバは必死だった。馬上の二人は密着して一つになっている。

「きみは駄目が多すぎる」パットがたしなめる。

「あんたたちが乱暴すぎるの」

「ヒューゴも男だよ」

「男らしいのと乱暴とは違うでしょ」そういってエバは吹きだした。「私たちがいいあうことではないわ」

エバは感謝している。父親の不在は影響ない、ヒューゴはおおらかに育っている。いずれ野性味も備えるだろう。でも無理なことに挑みたがるのは困る。男たちとエバと節度は異なる。ヒューゴに話してくれない、とエバはいった。パットの眼差しが何かと問う。

このあいだ、初めて聞かれた。何で僕には父さんがいないの。いるわよ、とエバは答えたのだった。

「でも、僕は知らない」

「アメリカにいるわ」

「どうして一緒でないの」

「それは、私にも答えられない、父さんに聞かなければ」

「いないのに」

エバはうなずき、目を潤ませた。ごめんね、とヒューゴはエバを抱きしめる。彼は口を閉ざした。母と子の会話は途切れたままだった。

「きみが僕に聞けといったの？」

違う、しかしヒューゴがどう出るかは分る。

「もしヒューゴが聞いたら話してやって、まだ早すぎるとは思うし心配だけれど、変に隠したくない、私がすべきだと分っているけれどあんたのほうが冷静に話せるでしょう、……あの子の前だと泣いてしまうの」

パットはうなずく。そうして遠くを睨む。

ホッホーとヒューゴが雄叫びをあげた。答えてパットが手を振る。

「きみが話すべきだ、それが無理ならハミルトンさん」

いずれにしてもまだ時間はある、切実にアダムについて知りたいわけではないだろう。ヒューゴが聞いたらごまかしたりしないとそれだけを確認しあった。

それから教会で会ったケイトや沙耶たちに話題が移った。ケイトがエバに耳打ちしたのだ、リアムのために沙耶を連れてきたと。感じのいい娘でしょ、とケイトはいった。そうねにこにこと明るいし愛想もいいし、と無難にエバは返した。するとケイトはかがむように顔を近づけてきたのだった。私はリアムを落ちつかせたいの、それで私も落ちつくの。

「沙耶はまだ何も知らないのですって」

ケイトのことだから強引にことをすすめるだろう。彼女の意図とは関係なく、沙耶とリアムが恋に落ちればいいとエバは願う。見守るしかないさ、とパットがいった。


協同組合の作業員が搾った牛乳を集めにきた。容器を小型トラックにつんで農家とバターチーズ製造所との街道を往来している。昔はそれぞれの農家が運んでいったのだ。荷馬車のときもあり、沙耶の目にそのどちらかで風景そのものが違ってしまう。

羊はのんびり日をあびる。むこうの丘は春先ハリエニシダで黄色一色に染まるのよとケイトが指さし、ロンドン郊外の広大な菜の花畑の黄色の海を沙耶は思いだす。

「さ、私たちはイモ掘りにいくわ」ケイトは鶏を追おうとしているロディーをつかまえる。

ルークが一人で作業を始めているはずだった。リアムとカハルは別の畑を耕し、種を蒔く。一段落すれば手伝いにくるだろう。

畑には籠や鍬がほったらかしになっているだけで誰もいなかった。ポテトの収穫とその後の畑の整地を自分からいいだしたのに、ルークはきっと干草小屋にいってしまった。甘いかおりのする古い干草に寝転んでいるだろう。こうしていれば誰にも見つからないと安心してまどろむのだ。

ルークは怠け者、家族のために役立とうとしない。ケイトの愚痴がまた始まった。日のあるかぎり暇はないリアムと対照的なルーク。

「私とリアムの秘密をおしえてあげましょうか」初潮でね、とケイトはいった。「リアムの胸を赤く染めたの」

ケイトを肩車してリアムは歩いていた。そのとき始まったのだ。あのにおいをかいでもリアムは黙っていた。ケイトも黙っていた。じわじわと白いシャツを赤く染めていっても二人とも黙っていた。リアムが十歳ケイトは八歳、遊びまわるのがたのしくてたまらないときだった。二人してルークをまいて川にいこうとしていた。

「妙な感覚は肩車のせいだと思ってたのかしらね」

水に浸かった。赤い筋が流れていった。

「生まれたときからの幼馴染みだったの？」

「ほとんどそうね、私の父は季節労働者だった、母は私を生むとどこかへいってしまい、父は私を連れて雇われたの、そうして整地をしていたときに岩の下敷きになって亡くなった、私が四歳になるかならないかのときらしいわ」

引きとられ育てられ、ルークの妻になったのだ。

「それだけ屈折しているの」

「隠しはしない裏表？」

冗談のつもりだったが、ケイトはうなずいた。

「私は女王様だったわ、二人を従えて」

双子の姉たちとは女同士が悪く作用してか不仲だった。それを補うようなルークやリアムの気遣いはかえって境遇を意識させた、だから不運に打ち勝とうと乗じたのだ。そんな意固地が高じた時期に初潮が重なったのだった。

「何で？」

リアムは忘れさっている。触れたことがない。

「私にはリアムは分らない、もしかしたら嫌われているのかしら」

「だって、話しかけてはくれないし目もあわせない」

「だけどリアムもやっといいにおいになったわ」

沙耶には意味がとれなかった。

「あんたがきて獣のにおいから男のにおいに変ったたってことよ」

「男のにおいだって獣のにおいでしょ」

ケイトはさげすむような目つきを一瞬して、それから笑った。「男のにおいと獣のにおいと変らない？　あんたに目をつけたのは正解だったわ」

リアムしだいだった、とケイトは一人で合点する。

「あんたの心にはカギなんかかかってなかった、無防備そのもの、その単純さがかえって不安でもあったけど。とにかくあんたは気にいったんでしょ」

話に気をとられてときおり手が休むのだった。

具合の悪い牝牛を見ていたリアムが帰って夕食が始まった。みんなさっぱりしているが、彼だけはまだ家畜や土のにおいをまとっている。食後、牝牛が気になるのかリアムはまた一人で出ていった。カハルやルークはラジオを聞いている。ロディーはカハルに抱かれてうつらうつらしている。夜の団欒が始まろうとしていた。

後始末がすみケイトが私たちも見にいこうといいだした。外はまだ明るさが残る。家畜小屋にリアムはいなかった。川辺にいた。水浴がすんだのだろう岸にあがり、裸のままウィローの木に寄りかかっている。

沙耶は向きを変え去ろうとする。しかしケイトが彼女の手をつかみ強い力で引きもどす。

「いや」

「見なさい、あれがリアムよ」

彼は自分の手で興奮させていた。やがて白い礫が何度も飛んだ。

「ああして無駄に撒き散らしてるの」

沙耶は震えていた、気づかれまいと力をためるとよけいに震えるのだった。男なら誰だってすることよ、ルークだってやるわ。あなたがいるでしょう、思わずいってしまって沙耶は恥じた。

とにかく離れようと背をむけ足を早めた。

「気になるでしょう朴訥で不器用な彼が」

リアムは女を寄せつけない、そのくせいつも股間をうずかせているの。

「あんたに悟られるのが逆に恐いのよ。分ってやって」

沙耶を気にしなければ、他の女へむけるのと同じ自然な眼差しをむけてくるだろう。

「リアムは誠実、バカがつくくらい、夫婦になったら大切にされるわ、頑丈だし姿もいいし、文句ない、そうでしょ」

私が理解するかぎり沙耶も好きなはずと、ケイトは強引だった。

「私はリアムに結婚させたい」

リアムは私たちを思うあまり自分を見る目をもたない、それが鬱陶しくてたまらない、だから私はあんたを連れてきた、お嫁さんにするつもりで。彼が心を動かして結婚する気になったらあんたにつくすわよ、それで私たちは解放される。あんたをえらんだ理由はね、あんたなら彼にむいていると思えるから。あんたは私たちと姿が違う、心も違う、おとなしく決してでしゃばりはしない、そういう女が彼にはいいの。

ケイトの言葉には巧妙なものが混じる、沙耶は答えられず初対面のときの動揺を思いだす。何も知らない沙耶にならリアムも心を許しやすい、そう計算して連れてきた？

「あなたは一方的だわ、私にだって人格はあるのよ」

「私には分る、あんたもリアムを気にいっている」

要するにケイトの思うつぼで、沙耶は一目で好きになったのだ。この家を支配するのは私なのと彼女は悪びれない。

エバがヒューゴを連れてたずねてきた。たずねてくる人はまれで、ふしぎに思っていたのだった。沙耶はほっとした。家族だけで閉塞しているわけではない。けれどケイトはいっていた、私はエバを好きではない。なぜなのか沙耶は分らずに、どうしてと思わず聞いた。ケイトはうっすら笑う。なぜ……、嫉妬かしら。軽くいう。そのケイトがうれしげに出迎える。

ロディーとヒューゴがむきあっておたがいを観察する。遊びたいのにすんなり遊びだせない。あるいはこれが彼らの交流方なのかもしれない。何よ、二人とも、とケイトがうながす。子供たちを残して女三人は家にはいった。テーブルにつき、お邪魔じゃなかった、とエバが問う。ちょうど一休みしようとしていたところとケイトが答えた。庭の隅では干したシーツがはためいている。リアムとカハルは農作業に出て、ルークは教会へいっていた。女だけの気ままな時間。しかし仲間の噂話にはならない。ケイトたちは同じ年ごろの村の仲間たちとのつきあいが少ない。エバもあまり外へ出ていかないし、そもそも噂話が好きではない。私とあなたはされるほうねとケイトはいう。でもみんな気のいい仲間よとエバ。それがうるさいのよ、話題もないから同じことを好んでいいあって。それがあなたと私？　そう。事情が飲み込めず、沙耶は黙って聞いている。

「何してる、二人ともすぐおりるんだ」

突然雷のような声がとどろき、沙耶たちは慌てて窓辺によった。リアムが仁王立ちして庭の木を睨んでいる。ロディーとヒューゴが枝にしがみついていた。ケイトが駆けだす。沙耶とエバも後を追った。

「何を勘違いしてるの、よく見て、オークよ」ケイトは声を張り上げた。

近づき、二人ともおりなさいと命じる。リアムとそれにつづくケイトの尋常でない怒声にすごすごと子供たちはおりてきた。

「びっくりするじゃないの」とケイトの声はまだきつい。

「ロディーには注意してある、のぼるなと」

「いってるでしょ、これはオークの木」

無口で穏やかなリアムがたかぶっている。沙耶には意外な一面だった。エバも茫然と立ちつくしている。落ちついているのはカハルだった。二人とも騒ぐことはない、とリアムたちを制して、子供を招きよせた。二人を見おろして、この木に登ってはいけないと諭す。何でとヒューゴが聞く。それがこの家の決まりさと、カハルはあっさりかわして終りにした。

作業が一段落したので早めだけれど昼食をとりにもどった。頼むよとカハルはケイトにいう。私たちはこれで、と帰ろうとするエバに、一緒に食べていけとすすめた。

沙耶はドキドキしていた。そっとリアムをうかがうと、気のせいか恥じているように見えた。

スコーンにチーズやジャムを塗った。リアムとカハルは黙々と食べる。子供たちは叱られたことをもう忘れてしまったようだ。食事がすむと男たちは畑にむかい、エバとヒューゴは帰っていった。

「さっきのリアム恐かった」

沙耶はこだわりをぬぐえない。なぜか他人事と思えない。

「独りぼっちの癇癪よ」

リアムが一人でいたいならそれもいいではないかと沙耶は反論した。人は一人でいるのはよくないと聖書はいうわ、とケイトは答えた。でも神父さんは結婚しないでしょ。神の御遣いは人であって人でないの。

「リアムは私たちがいても、独りぼっち、あんたが満たしてやりなさい」

「私はまだ二十一歳よ」

「二十一歳なら青春は終り、落ちつくときだわ」

語学学校の話は立ち消えになっていた。沙耶自身がどうしてもという気持を失っていた。マコーマック一家との日常が面白く、学校にいたらここまで深く異国の暮らしに触れられない。

ある夕暮れ、淋しくやりきれなくて一人で散歩に出たとき、リアムが川に浸かっていた。沙耶は慌てて繁みに隠れる。そうしながら足をむけた自分を意識した。かがめていた腰を立て空を見あげるリアム、孤独があらわだった。リアムは己の感情を川に流すのだろうか。ケイトの言葉への沙耶の反発も流れていった。


九月の初めにしては突然の冷える日があった。空はどんより曇り雨も降った。カハルは持病の関節炎がひどくて農作業に出られない。家畜の世話をしていたリアムが午後、一人で柵の壊れを補修に出るというので沙耶はついていった。まず水の通り道の溝の修理だった。沙耶もシャベルをもった。リアムに指図はない。好きなようにやれということなのだろう。だからといって無視されているのでもないということも、やっと分るようになった。

むこうには羊が群れている。雲の切れ目から日がもれる。知らぬ間に雨はやんでいた。知らぬ間にまた降っているのだろう。変りやすい天候、一日中降りつづくということはめったにない。早く身の振り方を決めなくてはと思い思い、九月になってしまった。ケイトはこのままいるようにすすめるけれど、けじめをつけなければ。

シャベルを片足で踏み込んだとき固い手応えがはいあがった。同時に沙耶は前のめりに倒れて体をよじり、両手はシャベルにあってひざまずくような形になった。リアムが走りより立たせてくれた。膝に血がにじみ盛りあがった。思いのほか多くの血の流れでる膝にリアムは唇をあてる。砂をとりさり、さらになめてそれが応急処置だった。沙耶は茫然としていた。大丈夫、というようにリアムが見あげる。我に返り、うなずいた。もどって消毒したほうがいいと、リアムは指示する。

沙耶は一人でもどった。農作業するのにショートパンツなんてとケイトはあきれるのだった。でもイモ掘りのとき彼女もショートパンツだった。洗い流せない砂の粒をケイトはピンセットでとってくれた。オキシフルが泡立ち、沁みる。シーツだった古い布切れを包帯代わりにして、沙耶は再び現場にむかった。見ていればいいとリアムはいう。役立たずね。馴れないと大変さ。リアムは受け流す。夕暮れになり仕上げに杭を打つとき、傾かないように沙耶が押さえた。リアムの槌は正確だった。

作業は終った。ご苦労さんと一歩近づく彼からにおいがただよった。体臭だろうか、野のにおいだろうか、いずれにしても彼からのにおいだった。あのときもかいだ、と沙耶は振りかえる。初めてこの国を訪れリアムが迎えにきていたあの日、手をさしのべて少し前かがみになったリアム、ふわりと周りの空気が動いたのだ。

川によっていこうとリアムが誘った。

「冷たくない？」

「こんな日は逆に温かくて気持いいさ」

彼によると特別寒い冬の時期をのぞいて水浴をする。

「私も浴びようかな」

リアムの表情が変った。さりげなく受けとめる、そんな気転はない。沙耶も固くなる。

「やっぱりやめとこう、傷に障る」

「拭くだけにすればいい」

そういうことではないのに。

気がつくと痛いほど強く手を握られていた。なぜか歩みまで早く、沙耶は小走りになっていた。

岸辺にきて、リアムは農具をおろす。あの木の陰で拭けばいいと指差した。沙耶はほっとする。リアムは？　と聞いた。僕はここで浴びる。そういうと背をむけ、まるで沙耶がいないかのようにさっさと脱ぎだした。裸のリアム、肩も尻も固い筋肉でおおわれている。

リアムは頭まで沈んだ。しばらくして思わぬ位置から顔を出した。

沙耶も脱いだ。ためらいは消えていた。水のなかに足を踏みいれる。川には違いないがこの個所は沼のようになっているのが沙耶にも分った。

「泳いでごらん」

沙耶が首を振るとリアムは目を丸くする。

「違うわ。……裸で泳いだことないもの」

「何でそんなに裸を気にするの」

「気にしないのがおかしい」

リアムは肩をすくめる。

「それに見られるのもいや」

「誰もいない、僕だけだ」

「そうよ、だから恥ずかしい」

沙耶は中腰になっていた。

「むこうへいって」

「僕はむしろ沙耶に見てほしい」そういって立ちあがった。

慌てて沙耶は目をそむけた。リアムの手が伸びて沙耶の肩を抱き、むきなおさせる。目の前の光景に思わず沙耶も立ちあがってしまった。包み込むようにリアムの腕が後ろにまわる。優しく抱かれると、抵抗できなかった。リアムの雄をかいであんたは雌になりなさいと、ケイトの声が響く。キスをされ、乳房を吸われながら、自分が望んでいたのを沙耶は知った。運命のようなものを感じていた。


ケイトはすぐに見抜いた。沙耶が変り、リアムも変った、変る理由は一つだった。私たちの思惑どおりとルークと手をとりあって勝ち誇り、カハルまで巻き込んで結婚を口走る。

「好きなんでしょう」

沙耶はうなずく。

「じゃあ何が問題なの」

「好きというだけでそれがすぐに結婚とはいかないわ、両親にも相談しないと」

「あんたの問題よ」

ケイトは自信たっぷりに沙耶の抵抗を粉砕していく。神の意思だと迫る。

二人のデートは夕暮れの水浴だった。沙耶も他人の目を気にしなくなっていた。ここではこういうものなのだ。たがいに体を拭きあっているとき誰かの目を感じたが、たぶんケイトだと思い、見せつけたい気もして無視した。

ケイトに押しまくられ、いったん日本に帰って距離をおいてみてなどという余裕はもてないままに、結婚が決まった。沙耶は一つだけ願いを口にした。ハネムーンに連れていってほしいところがあるの。十四、五歳のころにテレビで知った島、アラン諸島とケイトがいってたわ。リアムはうなずく。石垣が蜘蛛の巣のように広がり畑を守る、それでも風が土をはぎとっていく。どんよりとした空、荒れた海へ漁師が出ていく。ドラマチックにとらえすぎているとリアムは水を差すようなことをいう。いったことあるの。ない。じゃあいって確かめましょう。リアムは約束してくれた。

洗礼を受けなさいとケイトはいいだした。

「だって教会で式をあげるのよ、信者でもない者を結婚させてくれないわ」

それでも結婚するなら二人でこの国を出ていかなければならないと脅された。

「そんなに厳しいの?」

教会の権威は絶大なのだ。わけのわからないままに洗礼の準備にかよわなくてはならなかった。そうして無事洗礼を受けた。信者になっても何も変らないのだった。キリストが姿を現すわけでない、聖書を理解できるわけでもない。信じる気持も湧いてこない。それでもミサには出席し、ひざまずき胸元で両手を組み、キリストの血と肉である葡萄酒の一滴とパンの一かけらを待つ。

告解にいくというケイトに、あんたもきなさい懺悔をするのとすすめられた。それはできないと沙耶は断った。洗礼を受けるだけで気持はいっぱいいっぱいだった。らくになるとケイトはいうが、今はこれ以上受けいれられない。

罪は罪として心のうちにとどめるべきだわ、罪と感じるなら。それが責任というもの。口にはできないが、沙耶の思うところだった。

ケイトは一人で出かけた。沙耶はロディーと見送った。

数日後、思いあまった沙耶はエバをたずねた。二人してクリムの森へむかった。

「いわれるままに洗礼を受けてしまった、けれど信じられないの、教会にいくたびに嘘をついているようで苦しい、何を信じるの？」

エバは同情するように優しく頰笑み、「何を信じるか何を信じないか、私たちが決めることではないわ。祈りのなかで、神に信じるといえばいいのよ」

「洗礼式でいったわ」

そうね、とだけエバはいった。反論も何もないのだった。帰途についた。たがいに黙ったままだった。でも沙耶には分っていた、この人が心から信じられるよう、御心なら神様しむけてやってください、とエバが祈っていることを。


丘が黄色く染まった五月に式をあげることになった。問題が起きた、この時期農作業が忙しく新婚旅行は無理だとリアムがいいだしたのだ。確かに忙しいと沙耶にも分るのだった。私らだってハネムーンなしだったわ、とケイトがいう、そんなの当たり前よ。リアムがさえぎり、いつか必ず連れていくそれまで待ってほしいと申し訳なさそうに頭をさげた。

式には算段をして両親だけがきてくれた。両親にとって初めての海外旅行、沙耶はダブリンまで迎えにいき一泊をともにした。大丈夫なのねと母親に念を押された。自分でえらんだ道だ頑張りなさいと父親は激励してくれる。心からの賛成ではないと分っていた。地球の反対側の国の農家の事情など、両親には想像つかない、心配でたまらない。十分に話しあったなら沙耶自身ももっと考えられただろうにという無念があるらしい。イギリスへ送り出すとき母親には漠然とした予感があったという。聞かされて沙耶は、祖父と二人で見たあのドキュメンタリーを思った。祖父は祖父で己を重ねていたのかもしれない。

カナダ、オーストラリアからリアムの姉夫婦もやってきた。リアムに嫁のきてがないと気をもんでいたという。

白いドレスはエバが見つけてきてくれた。何も用意できなかった母親がせめてこれだけはともってきてくれた真珠のネックレスが胸を飾る。誓いの言葉をいいよどみリアムの顔を見ると、はらはらしながらも勇気づけようとする目に励まされ、何とか沙耶はいい終えた。指輪の交換ではリアムにあずけた手が震えた。記録簿へのサインも時間がかかった。神父は落ちつくのを辛抱強く待ってくれた。

午前に式は終り、午後には村の人たちがマコーマック家に集った。願いどおり五月の空は青いままで、庭で人々は大いに飲み騒ぎ、踊る。エバもパットもヒューゴも、マーサもジョンもサミュエルもいる。ライラック色のドレスを着たエバが沙耶を抱擁し、素敵よと頬笑む。沙耶には初めて見る顔が多かった。みな陽気ななかエバだけが静かな印象のままで沙耶は特別な親しみを感じる。ケイトとは正反対のアイルランド女性と思えるのだった。

カナダの姉がその夜そっときて、ケイトに気をつけろと沙耶に忠告した。腹が分らない。それは姉さんがこの家にいたころのことだろうとリアム。ケイトは変った。十分信頼できる、今ではルークの妻で一家の主婦、信頼できなかったら一緒に暮らせなかった。この人もルークもすっかり丸めこまれてしまったわ、とカナダの姉は嘆く。

「いいじゃないか家はうまくいってるんだから」

「私はね、ルークが木から落ちたのもほんとはケイトのせいじゃなかったかと疑っているの」

リアムはゆっくりと首を振る、「いいやそれは違う」

「そうやってあんたはケイトをかばうのよ」

沙耶のなかに別の驚きがあった。ルークは木から落ちたのだ。あのときのリアムの怒りとケイトとのやりとりがよみがえる。謎が少し解けた、けれど十分でなくかえって分らなくなった。どういうことなのだろう。リアムは姉さんの偏見だと突き放し、分らず屋といって姉は引きあげていった。

「何があったの」

「十歳のときだった、僕が悪戯心で枝を揺すり、ルークは落ちて背を打ってしまった」

手当てが不十分で何年か寝たきりになり、快復はしても後遺症が残り、彼はせむしのようになってしまった。ケイトが女になり、ルークがピーターパンになった、そんな年だったのだ。

結婚式の翌日、両親を送りだした。せめてダブリンまでいきたかったが、ドネゴールのバス発着所で見送った。辛かったらいつでも帰ってこいと、父親は別れ際にいった。

リアムの姉たちも帰っていくとふだんと変らぬ日常が始まっていた。リアムとカハルは農場へ出て、ルークははしゃぎすぎたか気分がすぐれずに数日横になっている。後始末やら家の掃除やらでケイトと沙耶は忙しく過ごした。

一区切りついてお茶をいれ沙耶は懸念を口にした。

「ルークは木から落ちてあんなになってしまったそうね」

「誰から聞いたの」

「リアム、僕が悪かったたって」

「一生面倒を見るつもりなの。ルークは一人で生きていけないわけではないのに。リアムは何でも彼にゆずる、無理も聞く」

それでルークは身勝手で気紛れになってしまった。

ルークが怪我するまで、二人は順調に育っていたし、トゥイン特有の予感まで共有して、一人の人間のようだった。ルークが怪我をしてから変った。

「だけどやっぱり彼らは一心同体よ、ずっとこの目で見てきたわ、私だってあの二人の間には割ってはいれない、そういう根強いものがあるの」

むしろ事件がきずなをいっそう強めた、とケイトは考えるらしい。

ルークの人生を奪ってしまったという罪の意識がぬぐえないリアムとしたら、私たちは何が何でも幸せでなくてはいけないの、そのためにはどんな苦労もいとわない。そんなことってある？押しつけられた幸せなんて重荷なだけだわ。あんた間違ってるって正しても彼には理解できないの。

すでに触れたようにリアムはルークのために土地を切り売りした。今では小さな農場もちでしかない。いつまでこの家を維持できるか、分りはしないと、思いもしなかったことにまで話はすんでいった。

「打ち明けると、余裕はないの。だから沙耶、あんたのやるべきことはリアムを管理することよ、ルークに頼まれて彼が何かしようとしたらとめるの、それができなかったら私たち全員いずれ路頭に迷うことになる」

「私には無理よ」

「大丈夫、私がついてる、私のいうとおりにすればいい」

「あなたが直接リアムにいえばいいでしょう」

「それができれば苦労しない、彼、私のいうことは聞かないわ」

そうは思えなかった、沙耶はどこまでケイトを信用していいのか分らない。

一家のきずなをふしぎな感覚で受けとめて、マコーマック家との結婚かもしれないという不安の混じる感想を抱いた。日常の感覚が、その基本が、違う。太陽や土に対する思いが違う。沙耶には意識するほどのことでもなかったそういった自然の存在がここでは力をもつ。

ふだんの生活ぶりも違う、掃除の方法、物事のとらえ方、結婚したら旅行者でなく生活者として見ていかなくてはならない。乗り越えなくてはいけないのだった。

ケイトの話はつづいた。ルークもリアムも周りの目を気にしない。で、割りを食うのが私、と嘆いた。私が一番常識もあり気にするからよ。村の人たちとどうにかつきあいを維持できるのは私のおかげなの。とりつくろったり隠したり、神経が消耗するわ。あの二人はそういう私の苦労を小細工としか見ないの。それでなくても風変りと見られているのに、何とでも思わせておけですって。

そういいながらケイトこそやりたい放題なのだ。都合悪くなるとリアムのせいにして逃げる。リアムはそれに対しても何もいわない。三人がまとまっているようでいて、てんでんばらばらなのだった。

さらにケイトは信じがたいことをいいだした。リアムを愛している、リアムも私を好きというのだった。

思わずかっときた沙耶、「じゃあ私は何なの、何でリアムと結婚させたの」

「あんたはリアムの奥さん、私はルークの妻、それでいいじゃない、愛なんて二の次よ」

「愛は愛よ、私リアムに確かめる」

「やめなさい、バカなこと、確かめてどうするの」

「あなたいったわ、リアムは私を好きだって」

「それは事実よ、信じなさい」

どう信じろというのだろう、愛が二の次なら、何が第一なのだろう。いずれ分るとケイトは突き放す。

夜の床で沙耶はただした。「あなたは誰を愛しているの」

沙耶の胸をなでていた手がとまる。いぶかしげに眉根を寄せた。

「ケイトを愛しているの？」

「ケイトがそういった？」

沙耶はうなずいた。

「惑わされてはいけない、沙耶、僕の愛しているのはきみだ」

「ルークに不満があるから？」

「そうかもしれない、愛してはいてもときには苛立つんだろう」

「あなたはルークのことならどんなにでも無理をする、彼のためにお金もずいぶん遣った、そのために土地の一部を手放しさえした、未来はどうなるか分らない、あなたを監視しろともいったわ」

リアムは不本意げに口をまげる。「確かにルークのために土地を切り売りもした、でも大丈夫さ、きみを路頭に迷わすようなことはない、安心して」

とまった手が動きだした。丸めこまれた気がした。拒もうと衝動が湧いてもそれもできない、リアムを信じるしかないのだった。


一家に女が一人増えた新しい暮らし。妻を得たことでリアムはさらに家の中心になっていく。しかし君臨するのはケイトだった。ケイトはますますケイトになっていく。ルークは何があろうと自分のペースを貫き、一家の動向にも関心ない。宗教的な事柄のみが彼の責任だった、それが彼の存在価値でもあった。

……セイ・グレイス。食事の際、厳粛な、ときには芝居がかったふうにも感じられるルークの声で感謝の祈りが始まる。気分がすぐれずベッドに横たわるか出かけているか以外の、つまり彼が席についたときは必ず、先導するのは彼だった。ルークは信仰をあらわす形式が好きなのだ。

ある土曜の夜、男たちはジョージ・スクエアーへ飲みにいき、ケイトと沙耶が残された。ロディーを寝かしつけてからケイトが話してくれた。

ルークは伝道師になるという野望を抱いた、その可能性を探るためともう一つある専門医に診たててもらいたいという希望で、あのときロンドンにやってきた。ケイトが予想したとおり、病院での検査結果も改善の見込みなしで、伝道師になる可能性もまた摘まれ、アイルランドに引きあげることになったのだ。

ケイトはこれまでどおりこの家で暮らしていくしかないと腹を決めたのだった。リアムとの関係は維持しなければならない。もしリアムが誰かと結婚すれば、相手がどんな女性かで自分たちの立場も変るかもしれない。それは前から考えていたことだった。

あの土曜日、ハイド・パークで出会って聞いたケイトの優しく甘い言葉、疑いもせずにその誘いにのった。確かにケイトの気持がいっぱいだった。リアムの嫁におぼこ娘を攫いたかったのだ。タカの爪にしっかりと摑まれたスズメのようだったのかもしれない。身動きできなくても心地よく、いったい何が待つのか想像もできずに沙耶は旅に酔っていた。

「今ごろ聞かされても遅いわ」

「だからいうのよ」とケイトは意地悪く笑う。「いい、これからは、私とあんたでこの家を切り盛りするのよ」

そうくりかえされても沙耶にはケイトの腹は読めない。

日本ほど鮮やかではないがアイルランドにも紅葉はある。しかし秋は短く、忙しなく冬に移行する。足元から霧がわいてくると穏やかな陽気になるのだが、ふだんは鉛色の雲に覆われて風が吹き雨が降り、雪に変ることもある。それでも少し黄色がかった牧草地と低く暗い空は調和を見せて、夏とは違う情緒をさらす。朝から降りだした雪混じりの雨が昼ごろにあがった。牧草地も森も家の庭もぬれている。そこに眩しく日がさした。沙耶はケイトとベッドカバーの繕いものをしていたが、手をとめて輝きを眺めた。

「雨上がりはいいわね」と沙耶はいう。「日本にはいろんな雨があるのよ、春を呼ぶ小糠雨、夏の夕立、秋の知らぬ間に落ちている霧雨、冬のしぐれ」

「雨は雨よ」

沙耶は言葉を失う。ここの雨にもいろいろな顔があるのに、なぜ気づこうとしないのだろう。ケイトに限らず、沙耶の雨に対する眼差しは不可解らしい。ジョージ・スクエアーでエバに会ったときこの人なら分ってくれると思って、素敵な雨ねと話を始めたのに、興味なさそうで別の話題にうつったのだ。

夕暮れの始まるころにリアムと羊をあつめにいった。ブブとモロイはリアムの指図に忠実に動く。群れから外れようとした羊を見つけてブブが先回りし行く手をふさぐ。

夜の早い冬は仕事も少ない。二人は川辺にむかった。リアムは凍るような水にでもつかる。体によくないと沙耶がとめても聞きいれてはくれない。心臓がとまらないまでも、カハルのように神経痛が起きるかもしれないではないか。しかし二十代の肉体は負けはしないそうだ。疲れもとれるし、という。だめ、と沙耶は受けいれなかった。リアムが譲歩した。

リアムの沙耶への眼差しは優しい。ケイトが無愛想な男と吹きこみ、沙耶自身の受けた最初の印象もそのとおりだった。でも男は変る、それは女しだいとケイトはいう。

早めにベッドにはいりくつろいだ。川辺のこともあり、リアムが疲れた様子なので沙耶は肩や腕のコリをほぐしてやる。馴れないリアムは居心地悪そうにしていたが、しだいに力の抜けていくのが伝わってくる。気持よさそうだ。やがてうとうとしだすだろう。つぼも分る、祖父や父親に頼まれてはもんでいた。

結婚して二年がすぎた。昨日ケイトといつもの小さな衝突があった。彼女は意地悪なのか親切なのか分らない、いろんな顔をもっている。いさかいは後を引いて今朝また教会のことで棘のある言葉をいわれた。あんたは自分が正しいと思っているのね、とケイトはいうのだった。だから懺悔にもいきはしないと嫌味は飛躍した。ルークはもちろんだがリアムも表向きどちらにも味方しない。ケイトが何かいうたびに、リアムと濃密な空気をつくりたいと願う、それでケイトを弾きかえしたい。けれど自分の欲求は伝わらずもどかしい。

朝の家事がすむと沙耶は畑にむかわないで、一人散歩に出た。自分だけが孤立している、孤立したくなる、しかしもがいても仕方ない、放心し、野を歩き、胸の内を風にあてる。

クリムの森へ足はむいていた。憂い顔のエバと偶然出会い、出会いたくてここにきたのだと気づいた。

「何だか沈んでいるみたいね、どうしたの」気持を切り替えたようにエバが、そう聞いてきた。

「父が迎えにきてくれないか、そんなことをときには思うの」

外国で暮らすには強くなくてはいけない、自分にはその強さがない。リアムの支えも十分とは思えない。

「でも……」とエバがいう。「無数にある結婚でもその一つ一つが当人たちには奇跡といえるほどに特別なものでしょう」

沙耶にはリアムと結ばれたことが奇跡。

この地の人間になろうと努めているけれど……。馴染めないものは馴染めない、その典型が教会の決まりだった。日曜日にかようのはいい、説教も聞く、しかし告解は受けいれられない。なぜ個人の秘密を罪として告白しなくてはいけないのか、たとえそれが罪と呼ぶべき秘密であろうと、心のうちにとどめるべきではないか。そんな気持はエバにもいえなかった。そのかわりというように、ケイトとぶつかってばかりと打ち明けた。エバは黙ってうなずいた。エバだってケイトがどういう女性か分っている、だからといって沙耶に味方はしない。いけないわね人の悪口、と沙耶はつぶやいた。

自分はどれだけアイルランド人であるべきなのだろうか。あなたは十分この地の人よ、それでいいじゃない、潔癖すぎないで、とエバが見つめてくる。焦りすぎると自問すれば、日本人という思いが強いからだった。

異国で暮らすと避けられないジレンマなのかもしれないわとエバは、遠い空に目をやる。静かな憂いがにじみだす。アメリカを見ているのだ。すでに沙耶もエバの事情を知っている。

「ヒューゴにまたアダムのことを聞かれたの」とエバがいいだした。「もう引きのばしてはいけないと観念したわ、けっきょくは知ることだし、知らなければいけないし」

パットからはきみが話すべきだとまたいわれてしまった。両親とパットに同席してもらい、キッチンでむかいあった。

「あんたの父親は夢を抱いてアメリカへ渡ったの。送りだしたとき身籠っていることを知らなかった……」

三年後アダムは迎えにくるはずだったが、たった一通の住所のない手紙をよこしただけで音信不通になってしまった。

「だからあんたの存在を彼は知らないの」

「とうに三年過ぎたでしょ」とヒューゴ。

エバはうなずいた。三年どころではない。「でも私は待つ」

「生きてるの」

「生きているわ」エバはゆっくりと目をとじ、ゆっくりとひらいた。「移民船でいったのよ」

コーブの港から旅立った。何で飛行機でないのとエバが聞くと、自分自身に覚悟を示すためさと彼は答えた。コーブは昔から新天地へむかう移民たちの港だった。キレン村からバスで一日かけてついた。移民が盛んだったころの痕跡のようなものが町のいたる所に見られる、棺桶船というバーもあった。

何日かが過ぎればアメリカがある。昔このアイルランド島は世界の果てと信じられていた。これ以上西へいったらそこにあるのは虚無の坩堝だった。アメリカはアダムにとって夢の坩堝以外の何物でもない。

西の空が赤い。穏やかな出航ができそうだと話しながら、街をながして歩いた。同じく乗船するのだろうと思わせる人たちが、アイルランドの最後の夜を味わいながらそぞろ歩いている。喜びと悲しみとをないまぜにした顔で。気紛れかアダムは土産物店にはいっていく。マグや人形の焼き物を手にとってみたり、小物を見ながらゆっくりすすむ。何かを探しているのかとエバが思ったとき、彼はシャムロックのペンダントを手にした。どう？　これ、とエバに聞く。すっきりしてるわね、素敵よ。アダムは二つ買い求めた。エバの首にかけ、お返しにエバがアダムの首にかけた。

ベッドでアダムは苦しそうにエバと囁き、固く抱きしめた。記憶を永遠のものにするかのようだった。抱かれながらエバはいろんなことを思いだした。川で流されそうになり、助けようとするアダムにしがみついて二人とも溺れかけた。初めて乳房に触れられたときはうれしいのが恥ずかしかった、でもそうはいえず、触れられた恥じらいとるアダムに顔を押しあてた。感情を隠したいときは必ず顔を彼の胸に押しあて、するとアダムは都合よく解釈してくれるのだった。抱かれながら今も同じことをした。うれしいのかいそれとも悲しいのかいとアダム。数え切れないほど聞かされた言葉だった。

翌日海は穏やかだった。幸先のよい船出。旅立つ人、見送る人で埠頭は混雑していた。

「そんな顔しないで、永遠の別れとでも思ってるの、たった三年だ、そしたら迎えにくると約束したろう、早まる可能性だってある、状況しだいさ、とにかく僕は必ずきみを迎えにくる」

エバはうなずくしかない。胸でシャムロックが揺れる。

心を空っぽにして彼の愛の言葉を聞いていた。そういう日もあった。単純であるほど幸せは大きい、十五、六の自分が懐かしい。泣かないで、とアダムが抱きしめる。

「ついたら手紙を書くから……」

耳にした最後の声だった。

岸壁を離れた船は遠ざかるばかり、甲板で手を振るアダムが小さくなっていく。

アダムを見送って帰るとバス・ステーションにパットが出迎えにきていた。その姿をとらえエバは走りよる。すがりついて泣いた。パットは何もいわず、彼女を支えている。エバはただ泣きつづけた。

その後エバは、全身から力が抜けてしまい、アダムからの便りを待つのみで何をする気もおきないまま一と月が過ぎてしまった。

雨が降りだしたので野の香りが立つだろうと、散歩に出た。パットが牧草地の鉄線を張りなおしていた。気分はどうと声をかけてくる。

「ここを出ていくの、お店に勤めてアダムを待つわ」

かすかにパットの表情が曇った。

「応援してくれる？」

パットはうなずいたが、ハミルトンさん許してくれるかなと言葉を濁す。

しかしその願いはかなわなかった。妊娠していたのだ。

アメリカのアダム、あるはずの便りがなく、連絡もとれないままに彼の子を生んだ……。

好きになり、でも結婚はできなかった。エバにも苦しいときがあったのだ。現在も苦しいのだろう。こぢんまりした幸せより、深く大きな不幸せを手にして、エバはよりエバらしく生きている。いかにも彼女らしいと沙耶は思う。


今夜もまた男たちはジョージ・スクエアーへいくという。リアムが誘ったのだ。彼は一日の労働に疲れ、頭も体も空っぽの状態で穏やかな気分にいたのだろうが、ルークは逆で機嫌悪かった。いつも背骨のあたりがじめっとして鬱陶しい、自由にならない自分にすね、周りにあたる。ケイトでは跳ねかえされるからリアムにあたった。気分転換をさせるつもりなのだ。

ルークのことはケイトに任せなさい、夜の散歩に出かけましょう。沙耶は提案した。しかし、リアムは応じなかった。じゃあ私もついていく。

「飲みにいくんだよ」

「私は何？　名ばかりの妻？　あなたの愛はどこにあるの」

「僕は、きみが想像する以上に深くきみを愛している」

リアムこそ知らないくせに。

二人は出ていった。

「男同士アルコールを飲みながら過ごすのがいいなんて」と沙耶は溜息をつく。

「要するに熱病が去ったのよ。いったはず、愛情なんて一番大事なものではないわ、何番目かにおいとけばいい」厄介払いができたケイトはさっぱりと返す。「そんなことも分らないうちはあんたは本当の妻になれないわ」

沙耶はまただと思う。抵抗してもいいまかされてしまう。それでも抵抗しないではいられなかった。ケイトは苦笑した。沙耶も鍛えられたというのだった。

「あなたたちと暮らしているのだから」

アイルランドの、あるいはマコーマック家の流儀を身につけなくてはやっていけない。

「けどもっと逞しくなりなさい」と意に介さないケイトは皮肉っぽくいう、「男の強さなんて闇雲なもの、女が舵取りしなくては」

しかし船頭は一人なのだ。

「表向き夫についていけばいいの」

「あなたはどう、ルークにそうしてる」

「ルークにでなく、私もリアムによ」

「あなたはいったわね、リアムが好きと」

ケイトが口をまげた。唇の右脇に一筋の皺がカーブを描く。左目がつりあがり、バランスをとるように右目がたれる。相手を傷つけようとする前触れ、悪魔の表情と沙耶が秘かに名づける顔だった。

「子供のころから好きよ」

「聞かせて、どうしてリアムでなくルークだったの」

ルークの事故に絡んだ三人だけの秘密がある、だから義姉もあんなふうにいったのだ。

私がリアムを好きでリアムも私を好きなのはみんな知っていたわ、でもルークも私を好きでつきまとうの、木にのぼって隠れたわ、すると彼は分らない、おたおたする姿をよく見おろしたものよ。そんなとき例の事件が起きたのだろうか。

十九歳のとき、リアムは承知で私を利用したの、つまりルークを分っていてお守ができるってこと。ある夜リアムは川辺に私を呼びだした。夜更けに私は弾むように駆けていった。月の光を浴びながらリアムは待っていたわ。早めにきたのにもっと早くきてたってわけ。それがリアムの気持ととってますます天にも昇る心地だった。私は飛びついてキスをした。やがて唇をはなし、彼が話しかけようとするから、私はとめた。いうことは分っていたもの。私は何もいわせず、服をはぎとった。それがたった一度の行為だった。もうこういうことは二度とないと、服装をととのえたリアムはいったわ。ルークはきみが好きなんだ、結婚してやってくれ。天国からまっさかさまよ。

「気持が折れ、怒りも湧き、翌朝早く衝動に身を任せてしまった……。もし流浪の男に出会わなかったなら、今ここに自分はいない」ケイトはいった。

「どういうこと」

「引きかえしたってことよ、この家に」

「ルークは知っている？」

「何を」

「あなたがリアムを好きだって」

「知ってる、でも彼にはそんなこと問題でない」

ケイトは自分の妻なのだ。リアムに嫉妬などしない、リアムと自分とを昔からケイトは好きだった。

夫婦の仲のよさは、見れば分る。ケイトはルークのわがままを許し、ルークはケイトに実権を握らせる。ロディーを沙耶にあずけて二人で散歩に出る。水浴したりもする。そんなとき二人は子供のように戯れあう。

そう分ったうえで、沙耶には分らない。

大人になれないピーターパン、あるいはルークは本当には分っていない？　それともこれもケイトの作り事？

ロディーは小学三年生になった。一、二年生には車の送迎があったがこれからは自転車でかよわなければならない。道は谷をぬってすすむが、それでも起伏はあり、小さな子供が自転車でいくには厳しいものだった。ケイトと沙耶は体を丸めてこいでいく後ろ姿を毎朝見送る。気をつけていくのよとケイトが声をかける。ロディーは振りかえり手を振る。冬の風の吹く日も雨の日も休めない、車で送ることはない。ケイトも男たちもそれでよしとしているので、沙耶は何もいえない。今日は風が強いわねとさり気なくいったこともあるがロディーのためにならないとケイトはにべもなかった。本人が苦にしないのが救いだった。

教室ではヒューゴと仲よしだった。彼もまた自転車を利用するが学校は近く歩いてもかよえる。むしろ放課後に遊ぶためのものといえた。ロディーとヒューゴと二人連れだって野の道を走るのだった。その姿を見れば同情はいらない。けれどつい可哀想と思ってしまうのだ。

リアムと二人でポテトの植えつけをしていた。寒くはないが暖かくもない、春と冬の入り混じる日がつづいていた。腰を伸ばそうと空を見て日本への思いがふくれた。懐かしい風景が意識のなかを走っていく。日本列島を桜前線が北上し、故郷でもじき咲きだすだろう。アイルランドにも春夏秋冬はあり春の緑も夏の青空も、秋の紅葉も冬の雪景色も訴えるものがある、けれど沙耶には故郷の春の山が忘れられない。四月十五日前後の、桜が散りあるいはわずかに残る短い一週間のえもいわれぬ美しさ。山の萌え出る新緑と何種類かの花の微妙に違う紅におおわれる情景が震えるほどに恋しかった。

「どうしたの」とリアムが声をかける。

「故郷を思いだしたの」

リアムは肩をすくめ、またなのというそぶりを見せる。分ってはもらえない。いつもと違うの、といいたかった。日本を思うたびにそれはいえるのだった。思いのなかで、辛かったら帰ってこい、と父親はくりかえす。

「もっとこの地を分ってほしいな」とリアムはいった。

彼のいいたいことは分る。沙耶も家族であてにもされる。ただ一人の子供であるロディーにも慕われている。そう理解しても疎外感は消えず、いったりきたり気持は揺れる。揺りもどし、リアムの妻なのだ、ここで生きていくと自分にいいきかすことになる。

二人だけで暮らせたら、もっとリアムの心をつかめるとひそかに望みもする。西洋は夫婦単位の家庭が築かれるものと思っていたのに、この国は違うのだろうか。ケイトのいうルークとリアムの事情によるのだろうか。二人の間に楔を打ち込めない、とケイトはいう。あんたは楔にはなれないとすでに沙耶を見限っている。いったいケイトは何を目指しているのだろう。

「そもそも故郷に帰りたいなんて贅沢な感情よ」

「何でそう思うの」

「たぶん私に故郷がないからよ」

夜、男たちがジョージ・スクエアーから帰ってきた。酔ったルークをリアムが担いで二階へいく。正体なくリアムの肩で二つに折れたルーク。ロディーはすでにベッドで平和な眠りに包まれている。

リアムが出ていった。しばらくしてケイトが立ちあがり、散歩しようと沙耶を誘う。この時間に？　あんたおかしい、散歩は昼間だけのことじゃないわ。

蒼い月の夜、いつものようにリアムが一人川に浸かっていた。

「いつかこれでよかったと思える日がくる、それは私が保証する」

そういわれても沙耶にはケイトを信じられない。

その思いを察したようにケイトはさらにいった。「二人の考えが一致しないなら今はリアムの考えにしたがいなさい、この国もこの土地も分らないのだから」

分ってはもらえない。母親からの便りにさえ、あなたは急ぎすぎてるんじゃない、とあった。

「そうやってあなたは私を混乱させる」

「ううん、自分にいってるようなものよ、私には私の恐怖があってたまらなくなるの、母の血が流れている、いつか出ていきたくなる……」

無意識のうちにでも自分のいるべき場所を求めて。

「分らないわ」

「あんたに分ってくれとはいわない」

沙耶ばかりでない、リアムやルークにも、誰にも分らない。

「私は先に帰る、あんたリアムと泳いだら」

ケイトはいってしまった。リアム、と沙耶は呼ぶ。リアムは手招きする。水面は月を反射して明るい。リアムのシルエットも明るい。蒼い明るさは夜の陽炎だった。沙耶は飛びこみ、リアムの腕に抱きとめられ、二人はカワウソのように絡み合いながら水に戯れる。眠っている魚たちは起こされて迷惑だろう。フクロウだろうか、梢に二つの目が光り彼らを見ている。いくつもの目があるのかもしれない。

水からあがり野の道を歩いていった。野営テントが張ってあった。女がいたので挨拶すると、悩み事があったら相談にのるよと沙耶に声をかけてきた。私はこのあたりの女たちがどんな問題を抱えているか分ってるんだ、いってみようか……。沙耶は断った。

奥さんを大事にしなさいと女はいった。大事にしているとリアムは返した。

「ケイトから聞いたわ、彼女はあなたと一緒になりたかったって」

「ルークとの結婚を僕から頼んだ、ルークはずっと彼女が好きだった」

「あなたはどうだったの、ケイトをどう思っていたの」

「分ってほしい、僕がルークの人生を台無しにしたんだ」

「彼はちゃんと生きてるわ」

したんだでなく、している、そうケイトはいっていた。

「きみには分らない……」

「ケイトと、寝た？」

「ケイトがどう話したか知らない。僕としては言い訳できない」

複雑なやりとりがあった……、そういうことなのだろう。ルークのためを思ってとった行為でも、結果はまた一つ負い目を抱いたのだろう。そう考えたとき閃いた、ケイトは出ていこうとしていたのかもしれない、それをリアムは感じとって身をもって防いだのかもしれない。きっとそうだ。

「ロディーは？」

「ロディーがどっちの子でも問題でないさ」とリアムはいった。

ルークも同じ考えなのだろうと沙耶は思った。

彼らは双子、ルークが実体リアムが影。それを見てきたのがケイト。家族の誰もが灰色の空の下で狭く閉ざされた世界を生きている。

「ケイトあなたを恨んでいるの？」

リアムは顔をしかめる。

思うがままにふるまっているように見えるケイトでも閉塞している、欲求が強いだけにその度合いも強いのかもしれない。

あるときケイトは家じゅうのカーテンを新しくするのだと布地を買ってきてしまった。ベージュの地に小花が散っている。沙耶は返してくるべきだと主張した。

「いつもの気紛れ、あなたの悪い癖よ。このカーテンはまだもつわ、そもそもあなたのえらんだものでしょこれだって、全然色褪せてないし生地もしっかりしている」

「暮らしを快適にしたいの、壁紙やカーテンを替えるのは無駄のようでも大切よ、あんたたちもそう思うでしょ」

沈黙している男たちにケイトは同意をうながした。ルークは肩をすくめ、リアムは反応を見せなかった。

反対しながら沙耶の気持はたかぶった。「前からいってるでしょ、調理用のオーブンがおかしい火力にむらがあるって、それなのにあなたは替えようとしない、どっちが差し迫っているのよ。すべてあなたが決めて私はしたがうだけなの、こんなささやかな願いも聞いてもらえない」

沙耶は外へ飛びだした。岸辺にくると猫柳の傍らにうずくまり、水面を見ていた。リアムがやってきて腕をまわしてくる。沙耶はいやいやをしたが、かえってその胸に密着してしまった。

「ケイトは気分を変えたいんだ……。

「私は何なの」

「僕の奥さんさ」

「ただの都合のいい存在でしかないんでしょ。あなたは家族みんなのもの、私にはあなただけなのに……」

「確かにこの土地があって家族もいる、でもそれもこれも今ではきみがいてくれるからだ、そう心から思えるんだ、家のこともきみにゆだねたほうが堅実だということも分る、でもケイトからとりあげるわけにもいかない」

沙耶はリアムに抱かれたまま丸く小さくなっていた。

しばらくして、泳ごうかとリアムがいいだした。カワウソになるリアム、沙耶もまねた。

「僕はルークやケイトに感謝している、きみを連れてきてくれたことに。ケイトはいっていた、沙耶は家族を抱えるということを分る女性だと」

腹を立てようかどうか沙耶は揺れた。不器用なリアムの、仲をとりもちたい思いは分るのだった。

けっきょくカーテンを新しくした。ケイトと沙耶と二日がかりで縫いあげとりかえたのだ。調理用オーブンも新しくなった。思わぬ出費だった。


パットやマーサやジョンたちはエバを見守り慰め、必ず便りはあるとずっと口にしてきた。エバが待ちつづけるからだった。ヒューゴが生まれる少し前にただ一度便りはあったもののそれきりで、約束の三年どころか十年がすぎてしまった。今も音沙汰はないままだった。

アダムがアメリカに見ていた夢、それは何だったのだろう。

どんな暮らしをしようと故郷を忘れるはずはない。それは異国に出ていったすべてのアイルランド人にいえるだろう。アダムはクリムの森を歩く己れを夢想する、エバには分る。

アダムの死を認めたくないのか、裏切りを認めたくないのかと、エバは憶測された。落とし所がない、待ちつづけることしかできなくなってしまった、とも。

アダムの両親はエバに告げた、アダムとのことはなかったことにしてほしい、縛られてはいけない。新しい相手を探せというのだった。ハミルトン夫妻は怒りはしなかった、ほっとしたようだった。

ヒューゴは元気にすくすくと育った。歩きだし、言葉を覚え、風邪を引き、麻疹にかかりと、順調に成長過程をたどってきた。しかし、世間的には父無子で、エバはその母親だった。

誰もがアダムの名を口にしなくなった。エバとの約束は果たされることなく消えたのだ。自分に男の子がいるとアダムは知る由もない。

可哀想なアダム、とエバはつぶやく。家を出たいとはいわなくなっていた。しかしどういう形にせよいつかはヒューゴと独立しなければならない。そのときがきたら、時機を逸してはならない。

悩み事に耐えがたくなると野を歩く。馴染みの風景が一刻辛さを忘れさせてくれる。エバとつきあいたい男はいた。しかしエバはその気にならない。ヒューゴにアダムの面影を探してひそかに慰みを得るのだった。

沙耶がたずねてきた。ヒューゴとロディーが仲良しになって家族の交流もふえていた。特に沙耶にはエバがなくてはならない人のようだ。重い軽いにかかわらずどんな相談事でもエバはきちんと受けとめる。そうして他言はない。安心して胸の内をあかせるのだろう。

「ケイトにね……、あなたはなぜ懺悔をしないのかってまた責められたの」

「……」

「私は洗礼を受けたしミサにも出席する、だけどできない」

「告解はしたいときにすればいいのよ」

偶然マーサもたずねてきた。三人で紅茶を飲み、話題を変えた。今度の週末にヒューゴをお泊りに招くというケイトからの言伝てを沙耶が伝えた。大事なことが後回しになっちゃった、と恥じたようにいう。

「お泊り、あっという間に大きくなるわね」とマーサ。「どうアダムのことを口にする?」

「気遣ってるの」

「あんたがいけないのよ。あんたはパットと結ばれるべき、私はそう考える、ハミルトンさんたちもね」

「ヒューゴがいるわ」

「そんなの百も承知よ、あの二人の間に何か問題ある?」マーサははっきりという。申し訳なさそうにうつむいている沙耶に、「あんたもそう思うでしょう」

相槌なのか、沙耶は小さくうなずいた。

パットはヒューゴのお気にいりだった。お祖父さんがいる、ショーン叔父さんもいる、そうしてパットも。ヒューゴ自身は父親の不在を苦にしない。


何ではっきりさせないのとマーサはパットにも迫った。エバはアダムを待っているとパットは答えた。そういう彼女を応援する。弱虫、とマーサは責める。何で奪わないの、何で彼女の気持を自分にむけさせないの。僕が申し込んで、彼女はそれを受けると思う、とパットは問い返した。あんたが一番よくエバを知ってるものね、とマーサは悔しさをにじませ口をとじた。

ジョンとサミュエルはイギリスへいった、しかし二人とも一年もしないうちに帰ってきた。いったところが悪かったと囁く者もいる。イギリスでは先が見えてしまう、そうして容易に帰れてしまう。しかしジョンは、イギリスでよかった、夢をなくして帰ってきたといわれても野垂れ死によりはいいさと、何かが分ってしまったかのように語る。

ジョンは石工の見習いになった。墓に飾る石塔を彫る。しかし石の切り出しやその運搬ばかりで鑿を握らせてはもらえないと早くも嫌気がさしている。それを叱咤するのが、残った者同士の妥協よと悪びれもせずにいう新婚のマーサだった。ホテルのメイドをしながら夫をうまくあしらっている。

親のつてでサミュエルは肉屋に勤めを得た。そうしてエバに交際を申し込んだ。しかしエバは断った。私はアダムと約束したの、迎えにきてくれるのを待っているの。

エバはときどきマーサのいるホテルのバーへいく。ギネスやラガーを注ぎながらマーサはエバと話をかわす。あんたサミュエルからいいよられたのと聞いてきた。やめてよとエバは周りに目をやった。ごめん、あとでゆっくり聞くわとマーサは軽くいう。

ヒューゴはいっぱしの農夫のつもりでいる。パットやショーンの手伝いをするのが面白い。気がむけば農場や野や丘を駆けまわる。羊や牛はもちろん野ウサギやキツネも友達だった。学校の仲間もいる。悩みはなさそうだ。しかし本人はエバが心配らしい。ときどき物思いに沈む姿が不安を誘う。そんなときのエバは森へむかうのでヒューゴには分ってしまう。でも声をかけられない。そっと後をついていく。エバはオークの木に寄りかかって目をとじる。遠くの木陰からのぞくヒューゴ。エバはかぼそい声で歌を口ずさんでいる。アイリッシュバラッド。まるで何かを嘆くかのようだ。

不意に肩を叩かれた。驚き、小さな声をあげて振り仰ぐと、パットがいた。しっ、と指を唇にあてる。無言でヒューゴはうなずく。おいで、とパットは手をとる。ならんで帰っていった。きみが心配することではないとパットはいうのだった。誰にも慰められない、エバは独りで立て直す、ずっとそうしてきたのだから。それでもヒューゴには、なぜ落ちこむのか理由が分らない。もっと大きくなれば分る、とパットはいう。いつもそう。大人になれば……。今、分りたいのに。

そのとき別の足音に二人は気づいた。沙耶だった。沙耶はたたずむエバに気づいたようだ。近づき話しかける。ならんで空を眺めだす。それからまた言葉をかわし、エバは西の空を沙耶は東の空を見あげる。背と背でもたれあっているかのようだった。

その夜ヒューゴはエバに聞いた。沙耶が、ここにくるといつもあなたがオークの木の下にたたずんでいるといったのよ。

「空の彼方と会話してるのね、私もそうしたい、だけど私にはそれができないの、恋しいのに」

沙耶もつらいのとエバはいった。ヒューゴはうなずく。二人とも話をしたい相手は遠くにいる、だから森にくる。

ヒューゴが学校で友達を殴る事件が起きた。エバは先生から告げられた、ヒューゴには突然わけもなく荒れだすときがあると。家ではまったく見られないのに。いじめられたからいじめ返したというのだった。心配だわとパットに打ち明けた。よっぽど我慢したんだろうとパットはヒューゴの気持を読んだ。

エバから頼まれたと断ってパットは話をした。もう暴力は振るわないとヒューゴは抵抗も見せずに簡単に応じ、ママを好き、と話を転じてしまう。好きだよ。どう好き？　一瞬パットの瞳がさまよい、どう好き、と確かめ返した。うん、ショーンがいった、僕がママを好きなのとは違うって。パットは首を傾げる、たぶんショーンのいうのとも違う好きだろうな。好きってそんなにいろいろあるの？　あるさ、みんなそれぞれ違う。パット、僕のパパになりたくない。何でその質問をするのかな。ショーンがいってた、パットが僕のパパになるのが一番いいのにって。ママに聞いてごらん、あんたのパパはアメリカにいるって今も答えるよ。知ってる、だけどどうして帰らないの？　いろいろあるさ。パットも知らないんだ、とヒューゴはいう。ママには聞けない、悲しそうな顔するから、ショーンがいってたよ、パパはパパだけど、パパじゃないって。

二十四歳になったショーンは農夫になると決めていた。農場は継ぎたくない、アメリカかオーストラリアへいきたいといいだすのを、信じてはいても父親は恐れていたのだ。アダムのこともあり、パットの影響も受けてショーンは決断したのだろう。何でもパットから習えと父親は助言する、周りの誰よりもパットがいい手本なのだ。

農場の中心人物がしだいに父親からショーンとパットとに移っていく。父親も母親も満足そうに受けいれる。エバはそういう人と人との関わりを、少し引いたところで眺めるのだった。

夕暮れどきショーンやパットが畑にいる姿は一日の労働の仕舞いにふさわしい光景だった。太陽の光が軟らかく大地や人を照らす。神と人間と自然とがとけあっている。

定期的な仲間のつきあいというものもなくなったがこれも時の経過によるのかもしれない。時とともにすべてが変る。子供が学校へかようようになってからもエバの世界が広がったわけではなかったが。

時は流れていく。沙耶もすでに肌身で知っている、海峡を隔てただけのイギリスさえはるかに遠いということを、そうしてアイルランドのなかでもここは北の果てということを。さらにこの家族は外へむかう視線をもたない、自分たちの昔からの暮らしを守る日々なのだ。この付近の家はみなその傾向をもつようだ。

結婚以来一度も旅に出たことがない。アラン諸島へはいつ連れていってもらえるのだろう。彼自身はさして興味もないようだ。思いはむかない、ここでの暮らしも同じように過酷なのだから。約束を果たすどころか、リアムは約束そのものを忘れているかのようだ。ルークとケイトも家を離れない。ロンドン行はよほどのことだったと沙耶も理解した。

淋しくなり日本が恋しくなると沙耶はこれまで受けとった手紙をとりだし読むのだった。特に両親からのものは慰めになる。けれどそれは一時の慰めでしかない。

日本は遠い。距離的にばかりでなく精神的にも遠ざかっていく。不安であり淋しくもあるがその傾向はとめられない。だからといって沙耶は、私はアイルランド人といまだにいえずに無国籍の人のようだった。肝心のリアムを理解できない、言葉も態度も少なくその愛を分らない。好きなのに。

きしむ家族、誰もそれを意に介さない、沙耶にはそう思えて仕方ない。

ルークは教会の仕事をしたかった。説教師になれなくても用具係でも何でもいい。しかし責任のある立場にはおいてもらえず手伝いでしかないのだった。つまり神に召されなかった。

ある日の午前、ケイトは腋の下を剃りだした。その朝は起きたとき雨が降っていた。じめじめと何もかも閉じ込めていくわと不快をあらわにする女と、さわやかなお湿りになりそうという女とが窓辺に並んで外を眺めたのだった。ケイトには雨は口実だった、雨はすでにあがっている、ストレスがたまったのだ。ドネゴールまで出て、ショップアシスタントとちょっと悪意の混じる会話をかわしながら下着と安物のブラウスでも買うつもりだろう、それで発散する。ヒューゴが泊りにくることになっていて、待ちきれずにすぐにも姿を現すだろうに。ロディーもうずうずしている。どうするのと聞いた。何もする必要ない、彼らは勝手に遊ぶでしょう。それはそうなのだが。ルークは教会へいっている。作業に出たがカハルは体の調子がよくない。沙耶としてはリアムを手伝いたくても、ケイトがいなければ家の仕事や昼食の用意をしなければならない。肉体労働の彼らに食事をおろそかにできない。ほっとけばいいとはいっても加えて二人の子供なのだ。主婦業に農作業と決まった持ち場のない沙耶は一家の便利屋のままだった。

トゥトゥー、ロディーと沙耶は声をあげて鶏を呼ぶ。首を前後に揺らしながら小刻みな足取りでやってくるもの、ゆったりと遅れてくるもの、鶏にも性格がある。沙耶の手からまかれる餌を残らず食べ振りかえりもせずに散っていく。電動のこぎりの燃料油をとりにリアムがやってきた。声は出さず、目で頬笑みあう。それでは足りなくて沙耶は近づく。カハルはどう？　大丈夫だよ。ケイト出かけたわ。買い物？　沙耶はうなずく。なかの仕事があって手伝えないの。分った、ご苦労さん。卵をあつめてもどってきたロディーに、ヒューゴがきたら二人で手伝ってほしいとリアムは声をかけた。沙耶の邪魔にならないよう、畑や牧草地で遊ばせるつもりなのだ。ヒューゴがやってきた。彼はリュックサックを背負い自転車を転がしていた。いつもは一人でくるのにエバも一緒だった。お世話になりますとエバがいう。ケイトは？　ドネゴールへいっちゃった、子供がうるさいんでしょ。まあ。私の皮肉、と沙耶は笑って、キッチンへ案内する。ロディーに急かされヒューゴはリュックを椅子にほうりなげて駆けだす。あれでもう十二歳なのよ、いつまでも子供ねとエバがとりあげながら渋い顔をする。周りに大人たちが多いからどうしても甘えん坊になってしまうわ。家もそう、と沙耶は返す。

エバのもってきた手製のクッキーを茶菓に紅茶を飲みながら話をした。家事が遅れてもいい、沙耶には貴重な時間だった。幸福とはうっすら悲しく静かなものとエバに会っては、感じるのだった。エバにだって不如意はある、父無子を抱え慎ましく精一杯に生きている、そのうえで幸せそうなのだ。アダムを愛しつづけ、人を愛している。そのエバが沙耶に、あなたは強くてうらやましいといった。私は父の庇護のもとにらくして生きている、狡いの、泥まみれになりたくないの。でも母親でしょ、そうしてハミルトン家の家事を担っている、十分よ。あてにされてはいるけれど、私がいなくてもどうにかなるわ。私も同じ立場ね、と沙耶。あなたはリアムの奥さんよ。

「ときにはリアムが分らなくなるの、ううんいまだに分らないときが多いの」

どんなに愛しあい許しあっても思いはずれる、そしてすれ違う。沙耶を慰めるというより自分に説くようにいうエバの言葉に、そういうものね、と沙耶も同意する。

エバが帰ろうとし、沙耶も見送りに立ったが野を歩きたくなって誘った。遠く人影が三つあった。リアムに子供たちだった。邪魔にならなければいいけれど……、とエバがつぶやく。心配することないわ。二人とも農家の子、心得ている。

青い野の空気は澄んでいる。エバが腕を組んでくる。うららかね。この地に似合わない穏やかさだった。辺りに人影はなく、静かで姿のない鳥たちのさえずりが聞こえるばかり。日本でいえば里山の春先の気候だろうかと沙耶はふと考える。神父が自転車でやってきた。こんにちはとあいさつが交わされる。沙耶は神父に高圧的なものを感じる、それは昔父親が、思いあがったような態度と檀那寺の坊さんを評したのと同じものなのだろう。先導者が知らずに身につける垢かもしれない。他の人たちが同じものを感じるのかどうか、沙耶は疑問を口にはしない。君臨する教会の圧倒的権威も虚飾ではないか。信者になりきれない沙耶の秘密の部分だった。小さな秘密がたくさんあった。

なぜ神父さんは結婚してはいけないの。去っていく神父を見送りながら沙耶は聞いた。神と結婚するのよ。疑問もなくエバは返す。ケイトも同じことをいった、そのときはごまかしを感じたが、エバの口から語られると納得したくなる。沙耶の目にエバの清らかさは尋常でない。エバは風景や子供たちを語るように信仰を語る。エバが語ると沙耶がふだん見聞きしている教会や神と印象がまるで違ってしまう。かえって混乱するのだった。それでも、キリストに額ずくよりリアムに寄りそいたい。

何事もなく日々はすぎていったがある日、日本から悲報が届いた。父親が国道での自動車事故に巻きこまれ亡くなった。帰る場所をなくした気がした。虫の知らせはなかった。恋しいと思いながら知らぬ間に、遠のいていた。そのことに沙耶はもっとも傷ついた。静かに泣く沙耶をリアムが慰める。ルークも。ケイトまでが気遣ってしばらくそっとして遠ざかっている。葬儀に出席できなかった。金銭的にも時間的にも日本は遠い。

亡骸に会えず葬儀にも出席できなかったことは、後を引いた。悲しいし恋しいのに、その感情が薄いベールに包まれたようで曖昧なのだ。区切りというもののないままに、ずるずるとつづくのだった。両親を捨てリアムをとった。父親はそう考えたかもしれない、いつでも帰ってこいというのは未練がいわせたのかもしれない。自分をもてあまして沙耶は己の中途半端を父親のせいにしようとした。

ある午後一人になりたくてクリムの森へ出かけた。エバに出会ってしまった。彼女もすでに知っていて、悔みの言葉を述べる。葬儀にも出られなかったのと沙耶は涙ぐみ震えた。こんな親不幸ってある、何で私は遠慮したのかしら……。エバが抱きしめる。そうされながら、リアムは無理をしてでもいかせてくれたろう、でも知らせのあったその日に出ても葬儀には間に合わなかった、どっちみち無理だった、と下した判断をあらためて振りかえる。自分を責めないでとエバがいう。リアムも私も、ケイトだって精一杯やってるのに、贅沢をするわけでもないのに、何でゆとりがないのだろう。

時間はかかったが沙耶はじょじょに落ちつきをとりもどしていった。乳搾りをし、ベーコンをつくり、もちろんリアムを手伝って収穫や整地もする。労働力としての嫁だとひそかに自嘲する。マコーマックという、豊かとはいえないキレン村の平均的な家。

家にはそれぞれ特有のにおいがついている、この家も。澱んだように動かずに、饐えたにおいを放っている。

ケイトがおりてきた。ルークとの濃密なときをすごした余韻がまつわりついたままだった。ケイトは攻撃はうまいが、心の襞にまで触れてこようとはしない、それはある意味つきあうのにらくだと、最近は思え、彼女の嫌味にも真実はあると認めるゆとりも生まれている。父親を失った打撃にも負けはしないと、ひるみながらも沙耶は己を鼓舞する。

変らないのがエバであり、パットだと思われても、彼らもまた変る。その最たるものが、パットの突然の結婚だった。残されたのはエバとパットと見なされ、もしも結ばれなかったなら彼は一生独身と誰もが信じはじめていたのに。

彼は三十六歳になっていた。ホプキンズ・インでたまたま見知らぬ女と出会った。一人で飲んでいると話しかけてきて、ウイスキーをおごってほしいという。彼女は海辺の村から知り合いの家に手伝いにきたということだった。浅黒い肌に黒髪を肩までたらし、尻と胸が大きかった。踊りましょうと誘いながら女は髪をまとめてゴムでとめた。

踊りやすい相手だった、パットは自由に動きまわった、女はどんなステップにもついてきた。スローな曲になると体が近づき、パットは女の胸の重みを感じた。

女はときどきあらわれるようになった。そうしてパットもあらわれた。食事も飲み物もパットがおごってやる。彼女はよく食べる。アルコールがはいると目が輝きだし、踊るとさらに肌まで輝く。パットは女がどういう者か気にしなかった。

一人で畑を耕しているときエバがやってきた。グーズベリーを摘んだけどジャムにしようかお酒にしようか迷うの。ジャムがいいんじゃないとパットはさりげなく答える。

「ショーンがいってたわ、あんたホプキンズにいくそうね」

パットはうなずく。「結婚することにした」

エバは思わぬ告白に目をみひらき、しばらく彼を眺めていた。それから気をとりなおしたように、おめでとう、私の知ってる人？　とたずねた。

「いいや、誰も知らない女さ、海辺の村からきたといってるけどたぶん故郷はない」

「そう……、会って友達になりたいわ」

「よろしくね」

「こちらこそ、いつ式をあげるの」

「できるだけ早く」

「準備はできてるのかしら」

「ただ神父さんに祝福してもらうだけのつもりなんだ」

「パットの希望？　みんないうわよ、そんなの私たちが許さないって」

庭で祖母と七面鳥に餌をやっていたヒューゴがやってきた。

ちらと息子に目をやってからエバは聞いた、「もしかして、私のため」

パットはゆっくりと首を振り、「いいや、違う」

「そう……、よかった」

ヒューゴにも伝えて。耳元で囁き踵を返した。すれ違いざまヒューゴの頬に手を触れた。十四歳の息子はもう子供ではないが大人でもない、母の手のひらに無反応だった。

その夜のエバは自分でもどうしようもないほどに寂しかった。

アダムは遠い、考えても具体的なものは何一つ浮かばない。しかしエバの待つ心は変らない。どれほど遠くなっても待つ。クリムの森へいっても、この村のどこを歩こうとも、いまだ空に彼を感じたことはないのだから。

恋しくなると、妖精を探しにいきましょうと小さいヒューゴを誘ってクリムの森へいったものだった。妖精さんどこいるの、とヒューゴは探しながら歩きまわった。一度も会うことのなかった妖精を今では信じていない。母親と歩くのも昔ほどにはたのしくないらしい。梢のむこうに吸いこまれそうな深い青が広がっている。夏の空を白い雲が流れていく。どこからきたんだろう。妖精よりも雲に真実味を覚えるのか、ヒューゴも見あげて想像する。ほんと、どこからきたのかしら。そして、どこへいくのだろう。

パットが結婚するの、と空を見あげてエバはつぶやく。アダムと十字架の形をした雲を見つけて戯れに結婚の宣誓をした日もあったのに。

結婚式で二人の誓いの言葉を聞き、エバは泣いた。不意に心が揺れたのだ。エバは恥じる。さいわい誰にも気づかれなかった。

エバのいうとおり、みんなのたのしみを奪う権利はないとパットの意向は受けいれられなかった。ひさびさにノーザンシーに集まった古い仲間たちは顔に皺を刻み体に脂肪をつけていた。三十代後半というのはそういう年齢なのだった。パット夫婦におめでとうの言葉をいい、飲んで踊り、その後のおしゃべりは子供や仕事のことだった。

パットの新妻はみんなから祝いの言葉をかけられた。陽気な女とパットはいうが、ほとんどしゃべらず笑顔もない、緊張しているのか表情そのものが少ないのだった。エバも抱擁した。新妻はわずかに笑みを浮かべた。あなたはいい夫をえらんだわ、彼ほど誠実な人はいない。新妻の目がちらと夫にむく。彼いってた、女同士の相談事はあなたにしろと。私が、相談にのってもらってるの。パットは男たちに囲まれ笑顔でしきりにうなずいていた。

リアム、ルーク、ケイト、そして沙耶もそこにいた。おめでとうをいい、祝杯をあげた。ほんとよかったと沙耶とエバがいいあう。けれどケイトがつぶやいた、どうかしら？　どういうこと、とエバ。あの女は信用できない、とケイトは声を低くする。なぜ……、不安げな表情でエバはさらに聞く。うまくいかない。予言めいていた。理由は？　と沙耶も思わず聞いた。理由なんてない、私の勘よ。エバの顔が曇り、うれしげに笑みを浮かべているパットと新妻を遠くにうかがう。

一年後、パットの妻は出ていった。睦まじかった二人なのに。出ていく理由はない。あるとしても夫であるパットには見当がつかない、本人しか分らない理由なのかもしれない。

日曜の午後ジョン夫婦が散歩の途中にエバのところにたちよった。パットも呼びたかったが、彼は具合の悪い羊の世話をしているということだった。

「仕事をしているほうが気はまぎれるのかもしれないな」とジョンがいう。「俺なら力で抑えつけたのに」

「パットはそうはしないでしょ」とマーサが返し、「きっと出ていかれるまで彼気づかなかったのよ」

「やっと結婚したのにな……」

「それが間違いだったの」とマーサはエバを見る。

エバは責められている気分だった。

日々の仕事をこなしていくパットは何も変らない、淋しさは内に秘めてやるべきことを淡々とやっている。探さないの、とエバはすすめたのだ。

「直すべき点があるなら直せばいいけれど、僕に不満だったとは思えない」

だからもどらないとパットはいう。

「たとえ探しだし連れもどしても、また出ていくだろう、自由にしてやりたい」

安定した暮らしを得たい、でもそれ以上に流れていたい、そういう女。

「始めから分っていた？」

パットは首を振る。

「今になっていろいろ分る、彼女は何かをもつということが好きではなかった、必要なものだけをもてばいい、誰もがそうすれば自由に憂いなく暮らせる、たぶんそれが彼らの思想なんだろう」

放浪への思いを本能的に駆り立てられる。それが彼らのすべてなのだ、誰がとめられよう。

「私たちはなるたけたくさん、もちたいものね」

「ああ……」悲しげにいうのだった。「いろんなことで考えは違っていた」

エバにとってもパットにとっても、人間は自身も含めて、理解しやすい相手ではなかった。

気の毒なパット、とマーサはいう。

マーサによると、今度こそエバたちは一緒になるべきだった。一人にしておけない。エバしだいなのだ。そうしてこれも彼女のいうところだが、アダムが邪魔をするのだった。

「彼はもう過去の人よ」

「三人の間で何かあった？」とジョンが口をはさんだ。

「ないわ、私がアダムを忘れないの」

「迎えを待つ？　信じらんない、とっくに時効よ」

エバはうつろに目をさまよわせた。「どうして他人を見るように自分を見られないのかしらね」

「皮肉？」

「ううん」

パットの力になりたい気持は誰よりもあるつもりだった。しかしパットへの向きあい方は変えようがないのだった。パットにしてもそうなのだ。

「私は待つとアダムに誓ったわ」

「そのアダムがこないんじゃないの」

「でもそれで誓いを反古にしたくはない」

他のどの男よりもパットを、エバは分っているつもりだった。他のどの女よりもエバをパットは分っているつもりだろう。そうして理解した相手をそのままに認め、くつがえそうとはしない。

数日後、エバはジョージ・スクエアーでケイトと沙耶に会った。二人で一緒に買い物？　めずらしいでしょとケイトは皮肉っぽくいう。あてつけみたいと沙耶が返した。最近のこの人は必ずいいかえすの。

「パットは？」

「つとめて変らないように振舞っているわ、かえって応えているのが分る」

「パットにそれとなく忠告したけど、つうじなかった」ケイトがいった。

「あのとき私も信じかねたけど、あんたのいうとおりになってしまったわ」

「でもなぜなの、そこが分らない」と沙耶。

「懸命に根付こうとあの人なりに努力はしたでしょう、だけど彼女の魂には旅することが自然なの、さすらうことが食べることと同じように必須なのよ。死ぬまでね。自分で見えているでしょう、見知らぬ人にみとられるか野山で一人ひっそりと消えていく姿が」

エバは目を見張り無意識のうちにうなずいた。

エバは散歩に出、ヒューゴがいると思ってマコーマック家のほうへむかった。近くの野をロディーと走りまわっているだろう。農場を継ぐ立場にあるロディーは仕事を覚えるためにもリアムの手伝いをする都合があるのに、ヒューゴが誘って邪魔をする。エバは息子に注意をするが、分っていてもつい二人は遊んでしまい、慌てることはないとリアムも許してしまう。なぜ沙耶は子を生まないのだろう。そんなことを思いながら子供たちに会わないままに畑まできてしまった。リアムと沙耶が作業をしていた。

「あなたはよくやるわね、私やケイトよりはるかにキレン村の女だわ」

そうね、特にこの体が、と沙耶は腕を広げて確かめる。二十歳のころに比べると一回りも二回りも胴が太い。それだけ力もついている。

「子供たちは?」

「手伝ってくれたけど、泳ぎにいってしまった」

エバはいってみることにした。きみもあがっていいよとリアムが沙耶にいう。そうさせてもらうわと沙耶は返し、小走りにエバに並んだ。

「パットの様子はどう」

エバは肩をすくめた。

「ケイトったら私にも同じ血が流れてるっていうの」

「そう……」

「彼女のお母さんも、消えてしまったのよ、知ってた？」

二人は水のなかで戯れあっていた。沙耶はロディーやヒューゴの若さに威圧され、時の流れを実感するという。ほんの子供にすぎなかったのに。エバもときにはヒューゴの成長に迷う。ああして男二人でたのしんでいるが、女の子が気になりだした。聞かされた沙耶はなぜか顔を曇らせる。でもロディーはまだのようねとエバはいった。それがうらやましくもあり、母親とは勝手なものだと自嘲する。陰毛も生え精通した。振りかえればアダムと意識しあったのが、あの年頃だった。大人だったり子供だったりややこしいの。エバたちに気づいて二人が手を振る。裸を隠そうともしない。もう沙耶も動じない。

ろくに体を拭きもしないで彼らは服を着、腰をおろした女たちのそばにやってくる。ヒューゴがエバに寄りかかった。甘えがあった。父親を知らない息子の母親への情愛。ヒューゴはお母さんが好きね、と沙耶が感心する。好きだよ、とヒューゴに臆するところはない。早熟なのか晩生なのか分らない。ロディーのほうがよほど落ちついている。青空を飛行機が飛んでいく。見あげてヒューゴがアメリカへいくのかなとつぶやく。いきたいんだって、とロディー。

マーサがたずねてきた。ジョンがアダムの両親に会った。

「聞いてきたの、アダム生きているらしいわ、結婚しているって」とマーサは告げる。「パットに相談したのよ、でもあんたにはいうなと」

両親のところに便りがある。考えてみると沈黙がかえってそれをあかしていた。アダムとのことはないものと思ってほしいといったとき、彼らは消息を知っていたのだろうか。

十分な仕打ちだった。分っていたと思った。ただ目をつぶっていた。

後はあんたとパットの問題だと告げてマーサは帰っていった。見送ってエバは久しぶりに、アダムの愛の囁き、肌に触れた柔らかな唇を思った。アダムのあれは嘘ではなかった。それを彼は自分で汚し嘘にした。心の奥でくすぶりつづける静かな悲しい憤りが暴れだそうとする。バカなエバ、と声をもらした。

必死で抑えるのだった。たとえアダムが死んでいたとしても守られない約束に変りない、嘘は嘘なのだ。どう装っても、嘘は嘘なのに。

エバの愛は揺るがないと仲間には見えても、エバも揺れる。パットには分っただろう、かつてあった愛を必死に呼びとめていると。

ときどきエバはパットと目を合わせるのが恐くなる。たがいに何かを見てしまう、それだけで済めばいい、しかしそれでは終らない、たがいに見られたことをさらに見てとってしまうのだ。たかぶったままにパットを探しに外へ出たが、歩いているうちに気持は少し落ちついた。青い空の下パットは木苺の繁みを刈っていた。

「パット、今マーサがきたわ」

パットは渋面をつくった。

「どうせなら、もどってきて、約束は守れないと直接いってほしかった」

エバばかりでなく誰もが分っていた。はっきりしてしまえばそういうしかない。

「アダムを怒ってる?」

「なぜ?」

「私のためでも、それは辛いの」

パットは何もいわず、黙ってエバを見つめている。シャムロックのペンダントが胸元にのぞいていた。

「どんな人かしら、子供もいるのかしら、ヒューゴにもちゃんと話さなきゃ……」

しゃべりながらエバは涙を落とした。パットに抱きしめられ、さらに泣いた。慰めにはならなかった。辛くなるばかりだった。

学校から帰ったヒューゴが、部屋に閉じこもるエバにどうしたのと不安げに問う。

「どうもしないわ」

「お祖母ちゃんが下で心配してるよ」

「そう……」隠せるものではない。「あんたのお父さんは、アメリカで結婚したそうよ」

ヒューゴは言葉もなくうなずく。

「会いたい?」

「別に」

「でもアメリカいきたいんでしょう」

「関係ないさ」いいおいてヒューゴは下へおりていった。

表向き何も変らないけれど、区切りには違いなかった。

ショーンの結婚が決まったのを機にエバは両親に頼み、一時は農園労働者を住まわせた小さな家を改修してヒューゴと移った。

エバの決断についてヒューゴはパットに聞いた、何でだろうと。パットは鍬にもたれるようにして右手で顎を支えた。正視しようと、あるがままの人生を受けいれようとあらためて決めたんだろう。逃げるためではなく、全うするために。額に皺をよせながらパットは答えた。


ただ肉体労働にふけるのみの人に思えたり、そうではないいろいろ考えていると思えたり、沙耶にはリアムの心のなかがもう一つ分らない。早めに寝室にもどった夜、沙耶はベッドの背にもたれ頭をリアムの肩にあずけて聞いた。あなたが今望んでいることは何。きみは、と逆にリアムも聞き返す。私は、あなたと二人で旅をしたい、結婚してから一度もしていないもの。アラン諸島にまだいってない、日本にだってあなたといきたい、父の墓参りがしたい。そうだな、でももう少し我慢してほしい、ロディーにすべてを任せられるまで。そうね……。いつもいわれることで、実際それはよく分る。仕事が肝心なのだ。できるなら売った土地を買いもどしたいと願っていたリアムだが、買いもどす金を貯める工夫はない。ケイトは無駄遣いが多いし、リアムだってルークにねだられれば承知して散財する。半ばあきらめているのかもしれない。沙耶は考える、この人は家族の平和が一番なのだと。だから沙耶はリアムを認める、そうして否定したくなる。

作業に出ることのなくなっていたカハルが急激に衰えた。

日差しに誘われ、久しぶりに沙耶は外へ連れだして庭の椅子に坐らせると茶をいれた。ルーク

緑の国の沙耶

は心配ない、わしが不憫なのはリアムだ、とカハルは沙耶に語った。あいつはルークのためならどんなことでもする、そこが不憫でたまらない。いいきかせてください、と沙耶はもどかしくなって声を強めた。何度も試みている、しかし彼の心は変えられない。

西から雲が流れてくる。農夫はいつも雨に悩まされる。セント・パトリックス・デーはすぎていた。畑にポテトを植え付けねばならない。この夏の天候を考えてリアムはどの種類を植えつけるか迷っている。沙耶も気になりながらどう決断するかを待つ。ポテトほどデリケートな作物はない。アイルランドの人たちは慎ましさと優しさを知っているわ、それを忘れたならふたたび神様は天罰をくだされる、といつかエバがいっていた。人々は意識下で分っている。百五十年前の大飢饉は体に刻まれている。リアムはルークに相談したが、僕には分らないとすげなかった。そもそも相談するのが間違いで、ルークとしてはなまじ理屈をつけて品種をえらんだりせず、分らない、ですますのが唯一の誠実な返事なのだ。リアムは一人で決め、その準備に種芋に石灰をまぶした。いつ植え付けるのだろう。そのとき雨が降らなくてはいけないし降りすぎてもいけない。

もちろんすべての農事が重要だがなかでも肝心なのが春から夏にかけてのポテトであり、それが無事にすぎると今度は冬に備えて家畜の餌の確保だった。

夏から秋にかけての干草作りは人手を要した。干草を返すのに熟練したカハルがあてにならないということは痛手だった。フォークで刺してくるりとひっくり返すには要領と力がいる、沙耶には骨の折れる作業だった。いつ天候が崩れるか神経も遣った。

93

雨が降りだす前に干草を無事に取り込みおえるとほっとするのだった。そんなときにさあっと降りだしたりしたら、待っていてくれたのだと思えて空に感謝した。

沙耶にも分ってきた、自然はときには酷くもなるが概して優しい、気遣いもあるし追い詰めてはいけないという自制もある。大地にむかって謙遜であれと、カハルは折に触れていう。人間の向きあい方しだいなのだ。

沙耶はマコーマック家になくてはならない存在だとカハルがいった。認めてくれていたのだと思わず沙耶は涙ぐんだ。

ときには孤独を求めた。それを贅沢とは思わない。リアムや他の人たちに囲まれて騒々しく暮らしていても、ちょっと違うといまだに思えてしまうのだ、すると自分は日本人という拘りがわいてくる、そこから逃れるためには孤独に浸るしかないのだった。孤独を逃れるための孤独、そんな沙耶の感情のうねりは理解されない。

「私の孤独なんてあなたにはただの事実でしかないのよ、そうでしょ」

いつまで甘えるのとケイトにいわれたとき、そういいかえしたこともある。

辛いのは子供に恵まれないことだった。ケイトにもできない。ロディーがリアムの片腕になっていく。このままだとリアムの重荷をすべて引き継ぐことになる。誰もが彼に愛情をそそぐ。いつかそれさえも重荷になるだろう。家族を、特に女であるケイトや沙耶を拒否する日がくるだろうと沙耶は恐れもし、むしろそういう時期のあったほうがいいとも感じるが、その兆候はいまだにない。素直すぎる、気遣いすぎる、まるで天使のようだ。ずいぶん昔、僕も弟か妹がほしいといったことはあるが、本能的に責任の重さを感じていたのかもしれない。ケイトも沙耶も、引け目は大きく、無視するしかなかった。

可哀想に、とケイトも息子に皮肉な目をむける。しかしヒューゴの変りようさえロディーは気にしない。羊飼いも乳搾りも農作業も、勉強よりはるかにたのしいらしい。根っからの農夫に違いない。誰の子かしら、とわざとのように誇りたかくケイトはいう。聞いて沙耶はひやりとするが、以前のようには動じない。沙耶は心も体も逞しくなった。

昼食が始まった。沙耶のつくったキドニーパイ、グレイビーも彼女の手による特製だった。ドネゴールまで遠出をすれば手にはいるようになった醬油をたらすのだ。醬油瓶を手にするとケイトはとめた。何で、と沙耶は問う。それをいれるとまだるっこい味になってしまうわ。でもリアムたちは好きよ。沙耶はスプーンで一杯二杯とたらし、味をととのえる。ケイトは憎らしそうに見ていた。腹いせか、パイにグレイビーをかけなかった。

アーリーヨーク、フラットダッチ、カーリー……。食事をしながらリアムはキャベツの植えつけをどの種類にするか迷っている。沙耶も考える、彼女も今では農作業の全般が分る。天候やら何やら全体を計算してカーリーがいいと思うが沙耶は黙っている、リアムが決めるのだ。

全体が分りはじめたときにいったことがある。羊か牛か飼育するのはどちらかにしたらと。そのほうが効率がよく収入もふえると考えたのだ。するとリアムは、手が足りなくなる、混合農業がいいのだと答えた。逆ではないかと問うと、いいや牧草地の面積を考えても家畜の病気のことを考えても、たとえ中途半端に思えてもどちらも飼うほうが好都合だというのだった。少ない頭数なら、自分たちで自由に動いてくれるから世話がらくでもある。羊か牛かどちらかにしたら安定性に欠ける、作業を機械化しなければならない、市場の動向や病気などに影響されやすい、挙句は利益との戦いになってしまう。それは農作物でも同じだった。リアムの頭にあるのは多くの収入より一家が安定して食べていけるということで、理想は自給自足なのだった。もう農地の回復はないらしい。

納得してもしなくても、沙耶はしたがった。ケイトのように文句をいうこともない。

「だけどあんたは私に対しては引かないのね」

「この家を牛耳っているのはあなたよ」引くも引かないもない。

「ううん、あんたは予想外に大きくなってしまった」

「この体への皮肉」と沙耶はかわした。

背丈は低くとも、肩に肉がつき、腕は太く、尻も大きくなった。畑では男のように働き、家では女らしく振舞う。家内のことはケイトがいるから沙耶はあくまで手伝う立場で、それよりは手の要る農作業でリアムを助けてきたのだ。干草運び、生垣の手入れ、畑の整備、小さい体で何でもした。太陽さえあれば時間だって分る、作業の進み具合やら切りあげどきを正確にはかる。逞しかったカハルは振りかえって考えると気持が萎えていたように思える、比べてみれば今の沙耶のほうが頼りになるかもしれないと、ケイトでさえいった。そうよ私は農夫の女房よ……。

しかし大地に根をおろしているつもりでも自分への気持が分らなくなって寒々とし、日本人だとしみじみ思う。でも帰るところがない、母親も病んで亡くなった。葬儀には一人で出席した。

リアムがそうしてくれた。自分はいけなくて申し訳ないがといって。臨終には間にあったが言葉をかわすことはできなかった。懐かしい日本は想像外に異国でよそよそしかった。

一週間の滞在で沙耶は気づいた、日本が変ったのではなく、沙耶が変っていたのだ。愕然とした。自分がいかに日本人でなくなっているか。まるで外国をたずねたようだった。兄の家族とも馴染めなかった。

今ではこのキレン村が肝心だった。自然の美しさはますます沙耶の目を虜にする。かつて故郷の四月十五日を偲んだけれどそれも今では薄れ、緑の国の大地がとってかわった。それでも日本人と、ときには二つに分裂しそうになるのだった。

リアムは考えがまとまらないらしい、グレイビーをかけたマッシュトポテトが皿に残っている。急がせたくはないが沙耶にも都合がある。ルバーブパイにカスタードをかけて脇におき、買い物にいくけど何か欲しいものある、とたずねた。返事もない。

沙耶は自転車に乗って出た、一人になれるのだった。折れた木の枝に乗り上げた拍子に倒れてしまい、悪いことにチェーンがはずれてしまった。簡単に元に戻せるはずがうまくいかない。そこに車がとおりかかり男が降りてきて助けてくれた。車のセールスをしているらしい。日本人かと聞かれ、そうだと答えた。俺の売る車はトヨタだと男は告げ、一度日本へいってみたいという。私も、と沙耶は返し、このまま男の車に乗せてもらって消えてしまいたいとふと思った。

買い物をしているとエバに出会った。元気がないみたい、とエバが案じる。いつものホームシックと沙耶は返し、だめね、今ではキレン村が私の故郷なのに、と溜息をつく。家によってかない、いいものを見せてあげる、とエバが誘った。家の裏手に十本ほどのリンゴの木がある。幹のところで切り落とした部分に洞があった、リンゴの木は洞が多く鳥たちに優しい、のぞくとフクロウの雛が四羽いた。可愛い、思わず沙耶は声をもらす。孵ったばかりなのよ、とエバがうれしげにいった。親鳥は？　昼間はどこか離れた場所にいるの、だからゆっくりと眺められるのよ、夜になるとやってくる、何度も往復してる、野ネズミをとってくるの。

進学をしなかったヒューゴは農作業を嫌い、勤めに出た。一つところにとどまれずに組合の事務、ペトロル・ステーション、スーパーなど、いろんな職を転々とする。男性衣料品のショップアシスタントになったがそれもやめてしまった。ショーンが心配して自分たちと農場で働けと忠告した。手が要るからそういうんだと、ヒューゴは聞く耳をもたない。ちょうどそのとき荒れたままに放ってある所有地を肥えた畑にしようとショーンとパットは計画していたのだ。ブタクサやハリエニシダに悩まされおまけに岩が突出ている。あんたにはどんな仕事がむいてるのかしら、とエバは考えあぐねる。ロディーは迷うことなく落ちついて、リアムから多くを学んでいる。エバにはそれがパットに重なり、ヒューゴについては明らかにアダムの血を継いでいると知るのだった。

ヒューゴを追いつめてはならない、子供のころの彼の性格をみんなが承知している。

月日はとどまらない、ヒューゴもアダムがアメリカへ旅立った年齢に近づいた。恋人が欲しくてたまらない。特に金曜日にはダンスホールにいりびたる。夕暮れが近づきそわそわしだしたヒューゴに、今日もいくのと声をかけた。ヒューゴはうなずき、先週会った娘は腹に沁みこむほどきれいだったと隠そうともしない。

女たちを追いかけキスを奪うのは容易なことではない。恋人を得てその幸運を長つづきさせるにはさらに努力がいるとしても、めげることはない。まるで発情期の牡猫だった。パットやショーンの後をついてまわっていたヒューゴはもういない。それだけエバからも遠ざかったということだった。

姿形も父親に似ていると思いながら、女の子を探しにいく息子を柵に寄りかかって見送る。不意にヒューゴが振りかえり空を指差した。仰ぐと雲が湧きだしていた。あんたのお父さんは雲が好きなのよ、と話したのを思いだした。ダイナミックでドラマチックだとアダムはその理由を語り、そのとき二人だけの宣誓をしたのだ。

夕焼けがあまりに鮮やかなので少し散歩をしようとクリムの森へむかった。森はしんと静かに夜を迎えようとしている。エバは何かを感じていた。

葉の落ちたオークの梢から空を見あげ、アダムがいるわとつぶやいた。彼が呼んでいたのだ……。霊がクリムの森の上空をゆらゆらとさまよっていた。下にいるエバを探している。ここにいるわ、とエバは呼びかけた。ついにきたことだった……。感動のあまり全身の肌が粟立つようだった。やっともどってきた。

それは別れを意味した。エバは空を見つづけた。やがて西の空へ、彼は消えていった。アダムはまた去っていった。エバに知らせるために空を飛んできたのだった。深い喪失感が襲ってきた。

その日から、エバはそこはかとなく翳りを身にまといだした。いいようのない雰囲気だった。幸せとか不幸せとかの感情とは無縁のようにも見える。エバという女性が生きながら物語に変ってしまった。アダムの魂とむきあっているのだろうか。

違う、アダムはいない、やっともどってきてエバを連れず独りでまたアメリカへいってしまった。さようならと告げて。アメリカのアダムを誰も知らない、土に眠りもう二度ともどらない。

クリムの森を一人ゆくエバがいる。オークの木に寄りかかりひらけた空に目をむける。森ばかりではない、丘の上でも牧草地でも、何を見ているのか誰にも見抜けそうにない眼差しを、遠くへ投げる。

そんなエバにまたもやマーサが、アダムの現実の死を知らせたのだった。もちろんアダムの両親から聞きだしたのだ。妻と五人の子供が残されたらしい。夫婦仲は悪く喧嘩が絶えなかったそうだ。五人も子をもったのに。それが夫婦というものなのだろうか。いずれにしても死が分つまで一緒だったらしいが。

パットも聞かされた。複雑な思いが湧いた。生きて帰らなくてよかった、友達としては悲しい、けれどももし生きて帰ったなら、一発殴らずにはおかなかったろう、そう覚悟していた。

誰も知らない、エバの胸の内を。

沙耶がたずねたとき、しょうがない、エバのアダムへの愛は悲しみといっていいほどの愛だったのだから、とパットは語った。沙耶はまた違った見方をした。エバは、外見はしんとしていても内では激しく燃える女性なのだ。胸を切りさけばアダムへの凝縮された愛と恨みの血汐が吹きでるだろう。愛があればこその恨み、恨みによってさらにつきつめられた愛。沙耶はそれを口にはしなかった。パットのほうがより深くエバを知っている、より深く思っている、その彼の見方なのだ。自分は客観的ではあるだろう、しかし、だから正しいとはいえない。

エバは何も望んでいないのだろうか。淡々と日常を生きている。それは人生を投げてしまったというのではない、これまでどおり人と交わり笑いもし泣きもし、両親を手伝い、ヒューゴの母を務める、しかし決定的な何かを見てしまった人のようだった。

そんなエバをパットは見守る。彼は変らない。いつも、いたわりともいえる愛がある。

さらに神に見守られている、特に祈りのときそれを感じる。私には分らないとこのあいだ沙耶はいった、神が人間を選ぶのか、人間が神を選ぶのか。聞かされてエバはこの人はまだ迷いのなかにいると思ったのだ。そうして彼女のために祈った。私は恵まれています、感謝します、彼女にも恵みを与えてくださいと。

エバはヒューゴにアダムをしのび慰めにしたものだ。今では似すぎているのが不安なのだった。スーパーに買い物にいき、トゥローリーを押してくれるヒューゴにアダムを感じて苦しくなることもあった。

努力の甲斐あってか、勤めなおしたバーという働き場が功をそうしたのか、やっと彼にも恋人ができた。エバは彼の何が気にいったのかたずねてみた。積極的なところと答が返った。女の子に飢えていただけではないか、と思ったが黙っていた。エバ自身もアダムを積極的な人と見ていたのだった。

二年後にエバの不安は現実になった。突然ヒューゴはアメリカへいくといいだしたのだ。ここから出ていくことが人生の唯一のチャンスかのようにいう。この国も以前とは違うわとエバは諭す。追いつめられて人々は出ていったけれど今では何とかやっていける。

アダムのときもそうだった。でも彼はいってしまった。ヒューゴも聞く耳をもとうとしない。社会の底の底に身をおかなくてはならなくても？　とエバはなじるように問う。それも昔のことだろうとヒューゴは笑った。

今は二十世紀が終りに近い。ヒューゴもアメリカで人生を決めようとしている……。ロディーをたずねてきた彼に沙耶がいった。ヒューゴ、お母さんの気持を考えなさい。考えてるさ、とヒューゴは返した。だけど僕の人生だ。決意の固さをにじませた。この子はとめてもアメリカへいく。エバも分ってしまったのだ。そう沙耶は受けとめた。

一人でいくつもりのようだ。おいていくなら別れると恋人は強硬だった。ヒューゴは必ず迎えにくるからと懸命に説得したという。より愛しているほうが負けると恋人は口惜しそうにいったと、情なし男のように、ヒューゴは笑う。

「なぜアメリカなの」とエバは聞いた。

「アメリカンドリームはアメリカにしかないだろう」

「アメリカで何をするの」

はっきりしていないとエバは憶測していた。しかしその点が父親とは違った。

「役者になる」と即座に返す。

「ショーンにいわれるわよ、鏡を見ろって」

「僕は醜男？」

「せいぜい人並み」

清潔ではあるが美貌とはいえない。

「今は美しさより個性の時代だよ」

「個性ならあるつもり」

「そりゃあね、人はそれぞれ違うから」

「それを個性とはいえないわ」

「もっと柔軟に考えてよ」

「心配なの」

「僕はあの人とは違う、重ねないで」

思いをつくしてエバはとめた。ちょっと唇を痙攣させて最後に、いく、とヒューゴは断言した。そうしてじっとエバを見つめた。思いだす、必死にアダムのアメリカ行をとめようとしたとき、僕はいくと譲らなかった目を。輝きがちょうど同じだった。

エバは不安でたまらない。彼もまた、別の愛へと旅立つことになるのだろうか。

恋人を残し、意気揚々とアメリカへ出発した。飛行機で。すぐに便りも届いた。まず恋人に、それからエバに。よかったとパットはいった。嘘とはいわないけれどそれ以上に本当とも思えないが、モデルの事務所と契約したという。目力がポイントだったそうだ。何のモデルやらというのはショーンだった。父親と母親は単純に安堵してくれた。

ヒューゴの人生と思うしかないのだった。恋人もヒューゴのもとへ旅立っていった。確かにアダムとは違う。しかしもどってくるという希望もまた、失せた。

エバは毎日のように教会へいく。重い扉がギーと鳴り、足を踏みいれると同時に静けさに包まれる。祭壇へ近づき席につく。主のささやきが聞こえてきそうで、いっそう耳をすまし、無心になる。しばらくして祈りはじめる。若いころと違って思いにとらわれることはない、祈りに身を委ねられるのだった。祈るほどに安らぐ、至福のときだった。

母親が気にして、パットに打ち明けた。心ここにない雰囲気をまといだした、まるで薄いヴェールに包まれたように、と。父親はそんなことはないというらしい。私だけがそう思うのかしら……。同じことを感じてます、とパットは答えた。孤独を糧に静かに心地よさそうに一人の世界にいる。妙に遠くに感じます。そう、エバは遠くにいってしまった。

月日は流れて、沙耶も五十代になった。カハルも逝って久しい。しかしキレン村は変らない。かつてのリアムの立場をロディーが占めて、両親と伯父夫婦の癖のある四人を相手に精一杯やっている。ロディーにとってリアムやパットのようにキレン村が全世界だった。ロディー自身はそのことを幸とも不幸ともとらず、ただ受けいれている。

彼は独身のままだ。田舎の農場の跡取りに嫁のきては見つからない。国も豊かになってきたのに、逆にゆとりは消えていく。貧しくとも心豊かに暮らしていくのと、どちらがいいのだろう。そんな疑問を抱きながら国全体の進む方向は変らない。ヨーロッパは一つにまとまっていき、やがて貨幣も統一された。たとえ軋みが生じても立ちどまるわけにはいかない。マコーマック一家もうねりに呑みこまれていく。しかし誰もそのことを意識し対処しようとはしない。外側から見れば黙々と働き土に生きている。そうして相変らず家内では騒々しい。

五月の丘の全面がハリエニシダの黄に染まり目にしみる。沙耶は昼食を庭に用意した。リアムとロディーがもどってくる。姿形はまったく似ていないにもかかわらず、親子としか映らない。ルークはベッドにいたがケイトにうながされて出てきた。上体はますます傾いてしまった。一家そろっての食事になった。光の心地よさに誘われて、ケイトとルークがリンゴの木の下でゆったりと踊りだす。沙耶はハチを誘う壺を確かめてきた。リアムは急がなくなった。ロディーだけが畑にむかった。早く結婚させなくてはね、と見送りながら沙耶はいう。

この地方には金で亭主を買うとか、金で女房を買うとか何でもないようにいわれる。不名誉ではない。結婚は大事だし、むしろそれだけの財力があるということだった。できるなら金の絡まない結婚をロディーにはさせてやりたい。ただ彼には女あさりに歩きまわる暇も興味もない。手を貸してやるべきなのは明白だった。沙耶は秘かに夢見る、ロディーが結婚するとき、自分が身につけた真珠のネックレスで花嫁の胸を飾りたい。

「ケイトったら肝心なことができないんだから」

沙耶らしくない言葉にリアムの目が笑う。そうしてうなずく。男に見合う数の女がいるはずなのにどこに消えてしまったのか。あなたも私がいなかったら一人だったかもしれないわ。リアムは肩をすくめただけだった。

三十年がすぎてしまった。子供もできなかった。満足と悔いと差し引き勘定をすればどちらが残るだろう。リアムも沙耶も懸命にやってきた。ケイトだってそうだ。今はロディーが頑張っている。しかし狭い世界だったと沙耶はあらためて感じる。片田舎の小さなキレン村の小さな一家、世間に目をむけずひたすら土と生きて、そのことに疑問をもちはしない。いいも悪いもない、それが現実だった。

愛していると確認しないままに結婚してしまった物足りなさが残る。あのときは渦に巻き込まれてしまった。自分の決断といわれればそのとおりだった、攻められたからとは言い訳できない。沙耶へのリアムの愛は礼儀正しい愛でしかない。そうして自分の愛も同じだった。たがいに責めるわけにもいかない。慎みが二人のきずなだった。やむにやまれぬ愛にまで育てたい、今自分は何をすべきなのだろう、しゃにむにリアムにぶつかっていくべきだと思っても、それができないまま今に至ってしまった。いつもケイトが邪魔をした。リアムが愛した女は私だけ、そういいつづけてきた。それならどうしてリアムでなくルークなの、と問いつめた日もあったのだ。そんなことはもういい、ケイトにはケイトの思いがある。一つの土地に自分を縛りつけたかった、そうしないではいられなかった、そのためにルークとリアムがいてくれた。リアムは超然としている。ケイトにも、沙耶にも、昔のエネルギーはない。ルークが寝たきりになってしまった。ケイトと沙耶とで世話をする。沙耶が僕の妻みたいだとルークは冗談をいう。そうね、と沙耶も否定はしない。ベッドで食事を手伝いながら、レッツ・セイ・グレイスとルークの声が響かない食卓は物足りないと告げると、僕も一緒に食べたいと弱々しく返す。唯一の生きがいである教会の手伝いもとうにできなくなっていた。

ときどきリアムも枕元で短い間をすごす。飼料用に植えたサトウダイコンの育ちぐあいを伝えると、ルークはもっともげにうなずく。鳥のさえずりが窓からはいりこむ、青い空も見える。オークの木が葉を広げている。以前はビーチの木が植わっていた。二人が生まれた記念に祖父が植えたのだ。そうしてルークがその枝から落ちた。カハルが伐採してしまった。代りにオークを植えたのだ。ずっと一緒だったね、とルークは子供に返ったようにいう。リアムも懐かしそうにうなずく。部屋にはいってきたケイトが、私もいたわと割りこんだ。そう、ぼくらはきみのご機嫌取りで大変だった、とルーク。あらそうだった。沙耶の知らない世界だった。

ルークはケイトのいったとおりピーターパンだった。現実生活の苦悩はリアムやケイトに任せて気楽に生きてきた、それが今になって沙耶には哀れだった。捻じ曲げられた人生に違いなかった。

早めに仕事を切りあげたリアムと久しぶりに沙耶は川辺にいった。夕日が降りそそぐ。なんて気持いいのだろう。隣にはリアムが横たわる。ねえ、と沙耶は声をもらす。うん？　と物憂げにリアムが答える。何でもない。川のせせらぎが静けさを伝えている。話がしたいわけではなかった。

リアムは立ちあがる。ほんとこの人は変った人だ、と沙耶は見る。あのころも川が好きだった、と初めてこの地にきたころを思った。

リアムは晩秋から春先まで水浴を控えるようになっていた。神経痛を病んだのだ。カハルもそうだったから遺伝だとリアムはいうが、ルークには起きないのだからやはり冷たく凍る水につかる習慣が原因に違いなかった。沙耶が禁じたが、そうするまでもなく痛みでリアム自身が敬遠する。手足や肩の関節に薬酒をすりこんでやると少しらくになるらしい、沙耶は症状の出ない夏でもすりこむ。ロディーにも冬の水浴を禁じた。まるで強迫だと、ロディーは苦笑いを浮かべるが、沙耶の言を聞きいれる。

「けっきょくあなたは私だけのリアムにはなってくれなかったわね」

「僕は十分に愛したつもりだけど」

きみはそんなに欲張りだった、とリアムはからかう余裕を見せる。

「調子いいし、ちょっとだけつかろうかな」

顔色をうかがう子供のような表情に沙耶は思わず笑みをもらす。

「私の一番の思い出になってしまった」

「何が」

「水浴が」

閉ざされたようなこの地形が可能にした。アイルランドの僻地、北の果て。

夜が勢いをつけようとしていた。夕食の用意をととのえたケイトが苛立っているだろう。それとも先にすましてしまうだろうか。紫色の天穹が広がっている。沙耶の心はある感情で満ちていく。それは幸せとは異なる。名づけようのない、幸せや不幸せを超えたものだった。自然に組み込まれた運命の実感、いってみればそんなものだった。星が瞬いた。見えない無数の目が見おろしていた。


風の音や雲の色合いに季節を感じる日々のなか突然エバは肺癌を宣告され、すると体調は急速に悪化していった。パットが見舞ったとき十分に生きたとエバはいい、パットはうなずいた。けれど分らない、その年月ほどに生きたといえるのだろうか。そんな疑問がパットの胸をかすめたのだった。するとエバはじっと見つめて告げる、クリムの森でいつもアダムと会っていたの、ときにはヒューゴを連れていったのもだからなの、ほんとに会ってたのよ。あなたは信じて、とその目はいっていた。

アメリカからヒューゴもくると、母親が耳元で知らせる。分ったのかかすかに目蓋をひらいた。言葉以上に多くを語ってきた目だった。

沙耶が見舞った。しばらくそばにいると気づいた。

「あなたがいてくれて、私はどんなに慰められたことか」

たくさんの思い出がよみがえるのだった。エバと牧草地の道をいったとき神父に出会い立ち話をした。土地の厳しさが話題になり、神父がいうには、温和であるとかえって信じる心をなくしてしまう、自然もときには厳しくなくてはいけない。

「母の死を一緒に泣いてくれたわね」

そうして沙耶にいったのだ、ゆだねなさい、すべて神の御心のままよ。受けいれなさいそうすれば姿を現してくれる、折に触れそういった。エバの言葉でも神に関しては、沙耶には信じられないのだった。

神はエバに姿を現してくれたのだろうか、顔をむけて哀れんでくれたのだろうか、疑問は残る、これもしかし沙耶の秘密だった。


妻と三人の子を連れてヒューゴが到着した。彼は横たわる母親を抱く。喜びなのかかすかに唇がひらく。しかしその動きを読むと、呼ぶ名はヒューゴではない。自分を抱くこの胸は誰のものなのか、分っているのだろうか。

冬の初め、垂れ込めた灰色の空から今にも雪が落ちてきそうだった。アイルランドの美しい冬の暗黒。雪はすべてをおおう、そうして沈黙させる。静かな底冷えのする日だった。終油を受け、両親、ショーンやパットたちに見守られ、ヒューゴに手をとられ、意識が混濁したなかで、可哀想なアダムと、なぜかそれだけをはっきりとエバはいった。最後の言葉だった。誰もが真意を測りかねた。

かつてあった愛、その半分は今もあるとエバは自分を信じて疑わなかった。失くしはしなかった。だからこそ失くしたアダムが哀れだった。

そのときから二日もちこたえはしたが、私らより先に逝ってはいけないという母親の嘆きにもかかわらず、空もまた耐えているにもかかわらず、眠るように息を引きとった。

歳月から解放され、死顔から静けさが立ちのぼる。もう何も伝わってはこない。胸にはシャムロックのペンダントがあった。

厚い雲が地上の物音を吸収してしまう。雪が舞いはじめた。すべてをとじこめ包みこむように雪は降りつづく……。


エバの死は沙耶にも痛手だった。ときおり沙耶は心のうちに昔の状景を再現させる。たとえリアムといても淋しいの、と沙耶は訴えた。人は孤独なものよ、あなただけではない、とエバは答えた。あなたも？　もちろん。そんなときどう逃れたらいい？　祈りなさい、主が寄りそってくれるから。信者になりきれない沙耶と分っていてもエバはそういった。沙耶に神を伝えつづけ、諦めようとはしなかった。だからといって強いもしなかった、静かに語るばかりだった。

人生で起きることはすべて意味があると、まるで神父の手先みたいにいったこともあった。神父の手先とは沙耶の皮肉でエバとは関係ないのだが、あれはアダムのことが話題だったからエバは自分自身にいったのだ。でも沙耶は沙耶で自分のこととして聞き、アイルランドにいるふしぎを思ったのだった。意味があるとしたらどういう意味なのだろう。

エバの死の翌年、ルークが召されていった。臨終のとき沙耶は記憶にある弦の音を耳にした。

どこで聞いたのだろう。ケイトたちが別れのキスをしているのを眺めながら考えていると、遠いあの日ハイド・パークへの地下道をおりていって耳にしたのだと気づいた。コントラバスにすがりつくようにして弾いていたストリート・ミュージシャン。あれがすべての始まりだった。

二人の姉もやってきた。カハルの葬式以来の再会だった。二人の姉はリアムたちの家族よりよほど裕福そうだ。恋しいといいながら、でもたずねてくることはない。リアムのほうからこいという。沙耶は一緒にいきたいと願う。いつか、いつかといいながらついに今日まで旅行というものをしなかった。沙耶は不満だった。ロディーに主人の座を譲ってほしかった。いきたいなとリアムもその気になった。自分たちだけでなくケイトも。だめよ、ロディー一人をおいていけやしないとケイトが反対した。出費も大きいしロディー一人では仕事をまかなえない。リアムだけでいきなさいというのだった。それはできないとリアムははっきりしている。けっきょく旅行自体がとりやめになった。会えたのだから満足しようと、姉たちも同意して帰国の途についた。別れのとき、自分が死んだときにはもうわざわざこなくていい、こうして会えたのだからとリアムは告げた。それが姉たちとリアムの会った最後の機会となった。

言葉どおりリアムも後を追ったのだ。頑健だったリアム、たぶん彼にははっきりしていたのだろう、ルークが逝けば自分も逝くと。強引にでも旅に出るべきだったと沙耶は悔む。ケイトにはロディーと留守番をさせればよかったのだ。

神父の声がかすかに震えながら小さくなっていくと、結びの言葉は囁き声になった。吐息ほどの間があり、アーメンと全員で唱和した。

リアム・マコーマックの埋葬式は終えた。神父も他の会葬者も去っていく。ケイトとロディーが沙耶のかたわらに残った。

沙耶の背にまわされたロディーの手のひらに思いがこもる。慰めようがない、悪いのは僕だと心のうちで泣いている。

沙耶の胸に新たな涙がわいた。

大西洋からの風に運ばれた黒雲が頭上を覆って牧草地も翳っていた。野のかおりもわずかに湿っている。しかし遠くの空には薄日がさして、天候の移りやすさを語る。沙耶たちの家はここからは見えない。二つ丘を越えたむこうにある。

納屋の脇の排水溝が詰まってしまい、リアムとロディーで豪雨のなか、さらったことが死の始まりだった。

気になり沙耶も様子を見にいった。声さえ雨音に消されがちで、顔にあたる雨粒が痛い。

「二人とももどりなさい、あとでなおせばいいわ」

「そうはいかない、納屋が水浸しになってしまう」殺気立った声でリアムが返す。

「一人でやるから、リアムは家にもどったほうがいい」ロディーの声も高かった。

「力任せのおまえでは無理だ、これは単に枯葉の詰まっただけではない、野ウサギか何かの死骸もあるのだろう」

そのとおりだった、技も経験も比べようがなかった。

その日の夜リアムは発熱した。一週間後、命は尽きた。息絶えたとき沙耶はリアムの顔をしみじみと見た、知りつくした顔であっても死顔は特別だった。

ケイトにうながされ、帰路についた。

「二人とも逝ってしまったわ」とケイト。「最後まで双生児ね、こんなふうに追いかけられたらルークもたまったものではないわ」

神経痛を病んではいたが頑健だったのに。自死のようでもある。理由はルークの死にあるのだと、沙耶も思う。

「肉体は別でも心は一つだもの」

「逆だったら、ルークは死にはしない、のうのうとリアムの分まで長生きするわよ」

リアムは思いをとおした。愚かしくても彼は貫いた。認めながら腹も立つのだろう。ケイトらしかった。死の夜には、犬の遠吠えが聞こえてきた。まるでバンシーの咽び泣きのようだった。

「二人とも逝っちゃった」とケイトは繰りかえす。「私はいつか出ていくのではないかとずっと自分が恐かった。故郷に帰りたいのは何もあんただけじゃないわ、私だっていつも帰りたかった」

「パットの結婚相手が居つかないのを一目で見抜いたのよね」

「私には故郷と呼べる地がないの、この地を故郷にするしかなかった、会った瞬間あの女に私自身のそういう血を突きつけられたんだわ、本能で分ったのあのとき、自分と同類の女だと、流浪そのものが故郷だと。……あんたとはわけが違う、それだけ切実だった。ルークもリアムも亡くなった今、衝動に襲われたとしても負い目はないわ」

「ロディーがいるじゃない」と沙耶は前を歩く彼に視線をやりながらいった。

「悲しむでしょう、けど、それだけよ。……あんたどうするの」

沙耶は答えない。

「日本へ帰るんでしょ」

「どうして」

「リアムは死んだのよ、ここにいる意味はない」

若い日のあの土曜日のハイド・パークにもどり、私はアイルランドにはいかない、と沙耶はいいたかった。

「いまさら帰っても私の居場所はないわ」

日本人の心や感情をどこまでとらえられるのか、その自信が今はない。三十年前アイルランドの人たちの心情がヴェールをとおしたようにしか見えなかったように。

「ここにならあるつもり？　家も農場もロディーのものよ、あんたに何の権利もない」

「彼は出ていけとはいわないでしょ」

だから自分から出ていけといいたいのだろう。

ケイトは体を傾げのぞくように沙耶の顔を見た。

「あんたなんか性の捌け口にしとけばよかったのよ」

リアムが本当に愛したのはこの私といいつづけたケイト。

「夫婦になれば、愛もついてくるわ。計算違いだったわね」

彼女は知らない、と沙耶はしびれるようなときめきを覚える。リアムの亡くなる数時間前、薬を与えようと部屋にはいっていくと、もう要らないとリアムはいった。

「飲んで、さもないと治らないわよ」沙耶は懇願した。「そうして治ったら今度こそ旅へ出ましょう、お姉さんのところは無理でもアラン諸島へ、あなたは約束をしたのよ」

かすかに笑みを浮かべてリアムは首を振る。「それよりも僕を起こしてくれないか」

沙耶はうなずき、腕をさしこんで抱き起こす。ベッドの背に寄りかかるリアムに、何？　と目で問うた。

「きみを抱いてあげたい、きみを抱いてやれるこれが最後だ」うるむ目で見つめかえしながらいうのだった。

思わず体をあずけ頰をあわせた。

リアムは静かに、ありったけの力で抱きしめてくれた。あらゆる不満が砕けていった。

あのとき抱かれながら沙耶は我知らず願っていた。神様姿を現してください、手をさしのべてこの人を救ってください。しかし神は現れてはくれなかった。あれはリアムへの思いがさせた世迷言だったと、今は振りかえれる。二人の間に神の介在しなかったことをよかったと思う。

リアムの最初で最後の思いの丈だった、ケイトになんか明かさない。

ロディーが突然足をとめて振りかえった。「葬儀がすんだばかりなんだよ」と眉を寄せる。

「だから話しているの、あんたも沙耶は日本へ帰るほうがいいと思うでしょ」

「ここにいてほしい」

「なぜ？　いっつも帰りたい帰りたいって私たちを困らせていたのに。いわれるたび、この土地や私たちを否定される気分だったわ」

「沙耶の淋しさのあらわれさ、異国に一人なんだから」

「リアムの台詞よそれは」

「でもそのとおりさ」

「リアムが死んだら、今度はロディーを味方にしたってわけね」と沙耶に顔をむけた。

「とにかく大事な家族だ」

「いっとくけど、私があんたの母親よ」

「沙耶だって伯母さんというより母親さ、僕には二人の母親がいるわけだ」

「それで嫁さんのきてがないのよ」

「関係ない」

「日本に帰れば思う存分日本語を話せるでしょ、決断しなさい」とケイトはまた沙耶にむかう。

「私のためにいってるの、それともあなた自身のため」

「もちろんあんたのためよ、決まってるじゃない」甘い声でケイトは答える。

「私の人生をねじまげながら……。そんなにロディーと水入らずの暮らしを送りたいの」

「いいえ、家庭をもってもらいたい、そのためには私もあんたも邪魔」

ロディーはもっと若いうちに一度は家を出ておくべきだったかもしれない。しかし彼は家の緩衝役を果たしていた。父親のルークの分、リアムの手伝いもしなければならなかった。いずれは家を引き継ぐ、羊飼いの仕事も農場の作業も体に沁みこませなければいけない。そういう事情で家を出ようとはしなかった。ロディーもまた被害者だと沙耶は思う。ヒューゴには三人も子がいて長男はティーンエイジなのだ。何という違いだろう。

ルークもリアムも逝ってしまい、けっきょく残されたのが沙耶とケイトだった。いやなあんたと手を携えていくのね、と沙耶はいう。お互いさまよ、とケイトは答える。どちらかが欠けるまで。もし沙耶が日本へいけばケイトも消えるだろう、もともと父親と流れてきて居ついたのだ。死ぬまで衝動はくすぶりつづけるだろうから。私はとどまる、沙耶ははっきりいう。

心残りはその後のロディーだけれど、自分たちにはどうにもならないこと、だからこそ早く嫁さんを探さなくては。小さな子供のはずが三十六歳なのだ。ケイトはもう五十七歳になってしまった。昔はきれいだったけれど、今では痩せてしまい、意地の悪さがそのまま姿にあらわれて、鋭い目は落ちくぼみ頬や顎の骨がむきだしの魔女のような風貌で、皺ができないくらい太ったと皮肉られる沙耶と対照的だった。

今日は一人で静かにすごすようにとロディーはいってくれた。しかし自分だけ休む気になれなかった。喪に服してはいられない。羊や牛の世話は毎日欠かせない。ロディーもケイトも悲しくないはずがない。沙耶も作業をこなしながら悲しむしかない。その気持を察して、ロディーは好きにさせたのだろう。

アイルランドの北の果て、キレン村でリアムと結婚し、マコーマック家の一員としてやってきた。それは死ぬときまでつづく。人は運命を自分でえらびとる、与えられるといいかえても内容は変らない。

幸も不幸も、神も、運命の一部と沙耶は考える。家族も。

夜の食卓には、残された三人がいた。パイクの鱗をとり、ベーコン、キャベツ、ポテトと煮込んだディッシュ、沙耶が用意したのだ。かつてリアムがそうであったように、ロディーは羊や牛の世話からもどったばかりで野や獣のにおいも落としてない。神に感謝をして食事が始まり、ロディーは食べながら、キャベツを収穫してほしいとケイトと沙耶の明日の仕事を指示する。

沙耶はうなずき、「一つ提案なんだけど、三人でアラン諸島へいかない」

「何よ、突然」

「リアムが連れていってくれるはずだったのに逝っちゃったから」

「無理だよ」とロディーが返す。

「そういってたら決していけないわ、パットに頼みましょう乳搾りや羊の世話は。私にはあの島が特別なの、私は日本であの島のドキュメンタリーを見たの、今になって思う、あれが私の運命を決めたって」

食事の後片付けを始めるとケイトが耳元で声を殺しながら、けれど強い口調でいった、「世界は広いとロディーが実感してしまったらどうするの、ここを出ていっちゃうかもしれないわよ」

ふっと閃いた、ロディーもまた本能で、いったん家を出たら自分はもどれないと分っていて、離れようとしないのかと。

「それもいいでしょ、ロディーが望むなら」

「何てことというの、そうなったら私の努力が水の泡だわ」

「おおげさな」

「これまで私がどんな思いできたか、知りもしないで」

沙耶は早めに部屋にしりぞいた。ベッドにつく気になれず窓辺に椅子を寄せた。オークの枝葉が風にそよいでいる。

庭に出たロディーのケイトに話しかける声がかすかに耳にとどく。沙耶のいいだした旅についてだろう。リアムの不在を不意に感じた。死なれて自分の思いの深さに気づいても、とりもどせはしない。

もっと違った出会いをしていたなら、好きだという感情に素直になれたろうに……。リアムも不器用だったけれど沙耶も不器用だった。

リアムは沙耶を彼なりの方法で愛してくれた、そうしてこの土地も愛していた。彼はいった、僕はきみだけを思ってはいられない。家族を、特にルークを思うのだと沙耶はとっていた。それも間違いではない、しかし彼の胸で大きかったのはこの国のこの大地だった。リアムにはこの土地も沙耶も同等だった、自分もリアムの大地の一部なのだ、沙耶はそれが理解できずに恨んだ、そういうことだった。今ごろ気づいても遅いけれど。この土地、この家、家族のきずな。

沙耶は自分が白羽の矢を立てられた理由を何度聞いても、疑っていた、しかし今ではもう理由など気にならない。私の人生何だったのだろうと拘っても、いまさらどうにもなりはしない。悪くはなかった。むしろ自分のいたらなさが悔まれる。あなたとあなたの愛するこの地を私は好きと、生前に告げたかった。リアムを受けいれ、自分でえらんだ道に違いなかった。

日は流れ、秋がきたと思うともう十一月だった。仕事を終えてロディーと重く垂れこめた雲を眺めた。雨よりも雪を落とすんじゃないかしらと沙耶がいうと、その前に風が吹いて飛び散らすかもしれない、雪を呼ぶのはまだ早いと彼は答えた。でもこの冷えかたはちょっと違うし、大西洋からの風にも動じそうにない分厚い黒雲だわ。ロディーは首を傾げた。いずれにしても明日は日曜日ゆっくりしましょうと沙耶はいう。

ロディーは部屋にあがってしまいキッチンには女二人が残っている。一週間忙しく過ごしてきて、土曜の夜はほっとする。明日も家畜の世話はあるが、それでも休日に違いない。最近の沙耶は力仕事が思うようにならず、衰えを感じる。ロディーは察して誰かを雇うことを考えるらしい。

「ロディーには私のことより結婚を考えてほしいわ」沙耶はケイトにいった。

ロディーはなぜか積極的ではない。磁石のように反発しあい引きつけあいする二人の女を絶えず見てきて、女に辟易しているのだろうか。

「このままだと独りぼっちになってしまう」ケイトも手の打ちようがないというように悩む。

「私に能力があったら、ロディーの子を生むのに」

「リアムの子もつくれなかったくせに」

ぼくにも弟か妹がほしいとロディーにいわれてケイトも沙耶も答えなかったのは、身に応えたからだ。

ケイトも沙耶も静かに暖炉の火を眺め、それぞれの思いのなかにいた。

五十をすぎた自分がまだ若いといえるのか、それとも老いたというべきか、沙耶には分らない。

「今はもうリアムもルークもいない、聞かせてあげるわ」痩せた顔の鼻のあたりに皺をためて、おもむろにケイトがいった。

悪意があからさまなその顔に沙耶はぞっとする。「何よ……」

「ロディーに関した秘密」

「もう聞いてるでしょ」

リアムかルークか父親が分らない。おそらくリアムだろうと、聞いたうえでさらに沙耶は推量していた。ロディーはもちろん、ルークもリアムもその秘密を知らない、そういうことになってはいるが、本当はルークもリアムも知っている。知っていて知らぬことにしている。ケイトはそれをあるいは知っていた、けれど彼女もまた気づかれてはいないことにしていた。

「あれは嘘」といって不吉な笑いを浮かべた。

頬笑みかけられた沙耶はまた背筋を震わせる。

「じゃあルーク？」それならいうことはない。

「父親はリアムでもルークでもないの、流れ者よ」

ケイトの顔が歪む。

沙耶は目を見張る。やめて、と叫びたかった。誰の子でも問題でないとリアムはいった。その意味がこれだった。

「リアムがルークとの結婚をもちだした翌朝早く、私は家を出たわ、それはあんたも知ってるでしょ、でもロディーの父親に出会ってしまった……」

ドアが鳴かないように抑えながらそっととじた。一睡もしていない、前夜の衝撃がそのままに残って背を押していた。灰色の雲が空に広がっているのは闇のなかでも分った。ケイトは数歩歩いてとまり、振りかえる。欲求と迷いとがせめぎあう。年とともに少しずつ膨らんできた欲求。ついにこらえきれなくなった。みんな淋しがるだろう、それ以上に恨むかもしれない、恩知らずと。そうして、しょせん自分たちとは違うのだと諦める。それでもいい、さすらいたい。

しばらくいってまた振りかえる。家は闇のなかに同色にとけている。みな深い眠りのなかにいる。

東にむかって歩きつづけ、やがて夜明けの気配がただよいだした。薄い雲の裂け目が生じ広がっていく。前方の空は紫色に変りつつあった。カハルは起きだしたろうか。リアムのほうが先だろうか。牛たちは張った乳を搾ってほしいと待ちわびているだろう。ルークのみが深い眠りを貪りつづける。幸せそうな寝顔がケイトの脳裏に浮かぶ。

あるいはもう気づいたろうか。リアムが家じゅうを探しまわるだろう。どこにもいない。とりあえず朝の仕事をすませカハルとリアムが相談する。不安を抱きながら、帰ってくると結論づけ、日常をこなしていくことになるのだ。

今もどれば何事もなかったことになる。ルークはよろこび、リアムはほっとするだろう。そう思いながら足は先へすすむ。一筋、街道がのびている。雲が千切れ、いくつもの塊となってさまよっていく。少しずつ青い空が割合を増す。荷車が追い越していった。少年が荷台にいた。目があった。何でこの時間に一人で歩いているのだろう、どこへいくのだろう、無関心に考えるともなく考える。そんなふうにケイトは想像する。

隣町についた。町の中心を越えてさらにケイトは歩きつづけた。街道をそれ、田舎道へ踏み込んでいった。牧草地が広がっている。遠くの方にきらめきが立った。湖か川だろう。ケイトは十字の踏み越をこえる。浮かんでいた鴨がいっせいに飛び立った。ケイトは岸辺で一休みした。ずいぶん道のりをかせげた。キレン村から十分に遠い。顔見知りに出会う心配はない。人の気配はなく静かだった。またケイトは家を思う。帰らないと、気づいているだろうか。日がさして暖かい、歩き疲れ、心地よくケイトは眠気に誘われる。

うとうとし、何かの気配にふっと目をひらくと、のぞきこむ男の顔があった。ケイトは跳ね起きる。男は笑みを浮かべた。安心していい、俺は何もしない、と語りかける。リンゴをとりだし、膝で磨き、食えとさしだした。ケイトはかじる、ひんやりと酸っぱい味が広がった。

「どこからきた？」

「西から。あんたは」

「俺は南から」

同類と、たがいに分っていた。

「でも私は、今日が始めなの」

「そんな雰囲気だな、なぜだ」

ケイトは頬をゆがめる、「衝動よ」

分る、というように男はうなずいた。

「育ててくれた家族を捨ててきたの」不意に涙がわいてきた。

「そうか……」と男は思いやるようにいう。「どうしても出なければならなかったのか」

「そういうわけではないわ、むしろ逆よ」

男はうなずく。両手がのび、ケイトを抱いた。ケイトは拒まなかった。静かに横たわり身をあずけた。優しさと荒々しさが混じる男だった。リアムとは違う。

男は身支度を整え、去ろうとする。

「できるなら、もどったほうがいい、確実にしかも急速に世界は変っていく、これからは俺たちのような生き方はむずかしくなっていくだろう、定住の地があるなら留まるべきだ、衝動にも耐えろ、あんたはそうすべきだ」

ケイトは啓示のように聞いた。

「どこまで変るの」

「自由な地そのものも消えていく。俺たちの仕事もしかりだ。昔は腕のいいティンカーだった、俺のくるのを村ごとに待ってたもんさ」

放浪しているからこそ分ることだと、男は問われるままに説明した。

「なぜあんたは定住しないの」

「俺はときを逸してしまった、骨の髄まで放浪者さ」

「私もそうよ」何年もうずいていた衝動なのだ。

「だが今まで定住してたんだろう、それなら自分をだませ、まだ若い、だましてもどれ」もう一ついう、と男は調子を変えた。「何事にもかかわらず書類にサインはするな」とこれまでの忠告をすべて覆したのだった。そうしてさらにいった、「それが無理ならぎりぎり慎重になれ」

いうだけのことはいったのか、後はあんたしだいだというように男は背をむけた。

腹のなかでは男はどちらをすすめたかったのだろう。

今からなら今日じゅうに帰りつく。ケイトは決断を迫られる。迷いながら歩き、街道までもどったとき、足をキレン村にむけた。生涯の決断かもしれない。ケイトは気持を抑える。何も考えまいとしてひたすら歩きつづけた。男の言葉が骨の髄に沁みこんでいく。

雨が降りだした。帰りついたのは深夜に近かった。ずぶぬれになっていた。足裏の皮がむけ、脹脛が痛んだ。深い眠りのなかにあるはずなのに、家には明りがついていた。カハルもリアムも、ルークさえも起きていた。お帰り、とカハルがいった。ケイトは椅子に崩れ落ちる。リアムがシーツでくるんでくれる。紅茶を飲ませて。お腹は？　ケイトはうなだれるようにうなずく。パンにハムをはさんで食べ、一気に紅茶を飲んでやっと人心地ついた。どこいってたの、と待ちきれないようにルークがたずねる。ドネゴール。何しに。分んない、答えようもなく、聞かないでという気持をこめた。いいじゃないか、無事帰ったのだから。カハルがいった。ほっとした安堵が顔いっぱいに広がった、それはいかに心配だったかを語っていた。もう帰らないと思っていたのだろう。ケイト自身帰るつもりもなく出ていったのだから。

「思うに、ロディーの父親はキレン村にもどれと忠告する一方で、このままさすらえとすすめていたわ。でも私はこの家にもどった。いらい、これでよしとしながら、心のどこかに悔いがずっと巣くっているの」ケイトは大きく息を継いだ。「私がなぜこの家この地にとどまったか、分る？　血を変えたかった、ロディーのためよ、必死に衝動に耐えてきたの、もし私がとどまれたならロディーも出ていかなくてすむ……」

神は知っているのだろうか……。


日曜の朝、しんとした気配のなかを起きると蒼いなかに銀世界が広がっていた。けっきょく風は吹かなかった。ケイトの告白があまりにも衝撃だったのでよく眠れず何度も目覚めたのだった。妙に静かだった。すでに降りだしていたのだと沙耶は思う。気づく余裕もなかった。

ロディーと乳搾りの作業をするために外へ出た。ロディー、覚えてる、あなたはウサギだったか何だったか先に跡をつけられて大泣きしたのよ。六歳のロディーはどんな女だったたろう。あのころはホワイトアウトの朝が一冬に何度もあった。ケイトと沙耶にああだったこうだったといわれるたびにロディーは困惑するらしい。覚えのないことをいわれても困る。覚えているのはただ、ケイトと沙耶が競って愛を押しつけてきたことだろう。

作業が終って朝食をとり一休みするともうミサへいく時間が近づいていた。洗顔し乳液を叩くように塗った。それで終り、はるか昔に化粧など忘れてしまった。

歩いていこうということになった。ロディーが先をいき、女二人は並んであとをいく。

「あんたと私とどっちが勝ったのかしら」

「どっちが勝ったにしてもどうってことないわ」

ふふっとケイトが笑う。「一ついえる、あんたいつの間にかソイソースを使わなくなった、これは私の勝ち」

「そうね……」

日本風の味付けをすべて捨ててしまった。

「けっきょくリアムにより、あなたに都合よかったのよ私は、一つの家に主婦が二人いては立ちゆかない、でもこうしてやってこられたのだから」

私が主婦としての実権を握っていたら違っていたと沙耶には確信がある。

「あんたが死ぬときはどうする」

「えっ」

「日本にいかないなら、ここで死ぬってことでしょ」

沙耶は洗礼を受け、こうして教会にもかようが、告解をしない。昔の教会なら決して許さないだろうが、神父さんは黙認してくれる。若いころは自分自身に対してキリストを信じるでなく拒むでなく、曖昧でいたかった。あんたみたいな人を許しておくから教会も崩壊していくとかつてケイトがいったことはあるが、家族の誰も、ルークも、口を挟まなかった。しかし死は大切だった。死者を葬らないわけにはいかない。ケイトにはカトリックの葬儀しか考えられない。

終油を受けてやっと本物のクリスチャンになれるのかとリアムを思う。いまだに自分が信じているとは思えない。誰にもいえない沙耶の秘密。特にケイトには知られてはならなかった。あなたを信じますと、祈りのなかで訴えたけれど、神は彼女の心に下りてきてくれなかった。

これ見よがしの形式だけの信仰で神父や家族や村の人たちを欺いてきた、これほど罪深いことはないと、知れば誰もがいうだろう、罰するなら罰すればいいと神にはいった、それが、唯一の彼女の祈りらしい祈りだった。神だって悪事を働くし間違いを犯す、つまり神のなかに悪魔がいる、同じように悪魔のなかに神がいる。悪魔もときには善を行う。沙耶にはそう考えられるのだ。それもあくまで神を認めてのことで、もっといえばすべて人のなすことなのだと思えるのだ。リアム、ルーク、ケイト、エバ、パット……、それぞれが生きながら交わりながら善や悪を抱え込むのではないか。とすれば神も悪魔も人間のひな形ではないか。

しかし神は罰しはしなかったと思う。なぜかは分らない。それとも知らぬ間に罰せられたのだろうか、それでは罰といえないではないか。アイルランドで生きることが罰かもしれないと考えたこともあった。今はそうは思わない、リアムへの愛も、アイルランドという地も、沙耶の運命なのだから。そう、ここで生きていくために沙耶はアイルランド人にならなければいけなかった。エバのように曇りない迷いない信徒になりたいと願う心もある。

沙耶にも誰もいない教会で存分に泣いた日があった。あなたは私を許してくださるのですか、初めて沙耶は問うた。神の声は聞こえない。答えてもらえなくて当然だった。涙を抑える気もなく、流れるに任せていた。騙されて洗礼を受けたのも神の計らいだったのかもしれない。反抗も承知のうえだったのか。教会もまた沙耶の運命の一部だった。迷いは死の日までつづくのだろう。

心から信じて終油を受けたい……。考えず、ただ信じるのです、といわれた日を思いだし、沙耶は心でつぶやいてみた。ここはアイルランドなのだから。マコーマック家の女として死んでいくのだから。

教会の鐘が聞こえてきた。近づくにつれ人々があつまってくる。パットもきた。笑みを浮かべておはようと挨拶する。穏やかな顔が彼の人生を語っている。あなたに会うとエバを思うわ、と沙耶はいった。一緒に過ごしたい、話をしたい。けれど彼女はいない。

その日夕食ののち沙耶はケイトとむかいあった。特別な雰囲気を感じとったのかケイトは、何とつぶやくように問う。ロディーも目をむけてきた。

「大事な話、リアムの死で私は動揺したわ、でもやっと落ちついた、それでこれからのことをいいたいの、あなたは日本へ帰れとすすめたわね、私は帰らない、ここが私の家だもの」

ケイトもロディーもうなずく。

「これからはあなたに代って私がこの家の決めごとをするわ、今まではリアムがいて私は彼にしたがってきた、彼はあなたに任せていた、でも本当は不安だったのよ……。私も心配でたまらなかった、いくら意見してもあなたは肝心なところで聞きいれなかった」沙耶は一呼吸おいた。

「彼は死の前にいったわ、これからはきみがしっかりこの家を守るんだよって」

嘘だった、でもリアムの気持に違いなかった。

「私がまずやらねばならない仕事は、ロディーがこの先経済的に苦しまない道を探ること。どこまでやれるか不安でも、最善をつくします、だから承知して」

年を重ねるごとに時の流れは早まった、のんびり構えてはいられない。まだ若いロディーにその実感がなくとも。

「私が反対したら」

「させないわ。それよりもあなたのやるべきことはロディーに結婚させることよ」

どこかで小娘を引っ掛けてくればいい。

沙耶もケイトもいいかげんにしてほしいとロディーの表情はいう。「跡を継ぐ者がいなかったら、町の誰かに託せばいいと僕は考える」

先祖からの魂は不滅、身近に死者たちはいて困ったときは助けてくれる、そんなアイルランド思想をロディーはいつの間にか身につけてしまったらしい。

女たちは強い口調で反対した。冗談じゃないというのだった。

それからケイトは沙耶に大きくひらいた目をむけた。「あんたほんとうに日本と決別したのね」

沙耶は思わず笑みをもらした。決別という言葉は相応しくない。今でもふっと日本が恋しくなる。しかしそれは昔味わった切羽詰まったようなものではない、淡い悲しみのようなものだった。歳月が沙耶を変えた。今はアイルランドの北の果ての農家の女に違いない。この大地の厳しさのなかに慈愛をさえ見る。昔、若かったころ、時間はいくらあってももたりない気がした。今こそそう感じてしかるべきなのに、実際たりないかもしれないのに、追いつめられた気はしないのだった。十分に生きたという思いすらあった。それが勇気を与えてくれる。残された家族で何とか家を守っていかなければならない。見通しを立てねばならない。

三人ともに黙りこむ。濃密な夜の静寂がすっぽりと家を包んでいた。

アトランティックウエザー

ダブリンに着いたのはちょうどハロウィンの日だった。突然に思いたち、何も調べず何の当てもなく、とにかくきてしまった。アイルランド、知っている名はダブリンと以前テレビで見たアラン諸島だけ、どうしたらいいだろう。ホテルでいくら地図に目をこらしても、どの町もこいといってはくれない。バス・ステーションで調べようと外へ出た。霧のような雨のなか、思い思いの変装をした子供たちが夜の街を歩いていた。いきちがう彼らは得意げに全身を誇示する。ユタカは親指を立て感心してみせる。一人の子供に、お菓子をくれなきゃ悪戯すると脅された。残念ながら何ももってはいない。両手両腕をひらいてごめんというと、つまんないやつとでもいうように子供は肩をすくめる。バス・ステーションへいくにはこの道でいいのとついでに聞くと、白いマントをまとった子は手で方角を示した。

コークやウォーターフォードという行き先と発車時刻が電光掲示板に浮かび、人々はそれを確かめながら切符を買っている。どこへいこう。行き先を示す町の名にもひらめくものがない。明日の朝早くに出発するつもりのユタカはまた地図を広げて迷う。北へいこうか、西にするか、それとも南……。無茶は承知のうえさ、とつぶやいた。

日常のすべてに倦んでしまった。何も考えず、動かず、無為にすごしたい、しかし日本にいては不可能だ、脱出したい。そんな欲求に襲われた。大学時代からの親友である和田に話すと、いい考えだと彼は賛成した。何でとめないの。おまえとめてほしいのか。それを押し切っていきたいんだ。面倒なやつという表情が浮かぶ。気持の切り替えは必要さ、どこへいく気だ。どこがいい？　自分で決めろ。そういいながら和田は、少しは通じるから英語を話す国にしろと限定する。アメリカかカナダ、オーストラリアかニュージーランド、イギリスかアイルランド……。だったらアイルランドがいいな。なぜだ。ケルト文化が至る所に残っているらしいしラフカディオ・ハーンの国だし、何より暗い空もある、青空よりましだ。和田はうなずく。もう一つ、イギリスより安くあがると思う。和田は笑った。大事なことだ。

暗さなら南でなく北だ。そうひらめいたのだった。一番北の州であるドネゴールへいこうと、ユタカは決めた。

州都のドネゴールに適当な住処が見つからなかった。レタケニーへいけと路上で話しかけた男がいってくれた。ドネゴール州で一番大きな町だそうだ。ユタカは男の一言を天啓のように受けとめて、いくしかないと思った。

朝九時のバスでドネゴールをたつとすぐに家がまばらになり緑の丘が広がった。強い風にもかかわらず、羊や牛はのんびりとたたずんでいる。

突然、荒涼とした風景に移行した。一方は茶色く短い針金のような草に覆われた平地が広がってそこを鉄の錆びた色合いの川が蛇行し、もう片方は同じ草と灌木に覆われているが丈のある木が一本もなく、ところどころで岩肌が露出している丘が道に迫っている。遠くの峰の数本の木は苦しげに同じ方向に枝がよじれ、風の道を示していた。

いつの間にかまた緑の穏やかな丘になっていた。丘が果てるとつぎの丘が待っている。ユタカのなかにあるアイルランドの風景とは違っていた。

レタケニーのバス・ステーションには十時前についた。電話帳でB&Bを探しあてトランクやリュックをおき、町の見当をつけるために地図を頼りに歩きだした。

厚くおおった灰色の雲に挑むような強風のなか、坂を上り下りし、くねった路地を歩いているうちにメインストリートにもどってしまった。ポストオフィスの前だった。アラブ系と思われる女がいた。はためくショールを手で押さえて、別の手には鉢があった。寄付を募っているのだった。さらに下っていく。アイルランド銀行が目に触れ換金がすんでないのを思いだして寄ることにした。

スイングドアを押してはいると、あいている窓口は四つで、十人くらいの人が列をつくっている。縮んでいた体がほぐれていくのを感じながら、そう待つこともないと計算した。

しかし一人一人が思いのほか手間取っている。現金を引きだすだけならカードを使う、ここは払込みなどのややこしい手続きが必要な人ばかりなのだ。おまけにみんなのんびりしている、待つ人も、窓口で行員とやりとりしている人も。世間話まで含まれているのかもしれない。

四番のランプがつき前の人がすすみでる。つぎがユタカの番。一番の窓口から人が去りランプがついた。ユタカは近づき、紙幣をしまっているスタッフにハローと声をかけた。女は一瞬何かを感じとったというように眉根を寄せたが、すぐに笑みに変えてハイと返す。気づかない振りでトラヴェラーズチェックをとりだし、現金化したいと伝えた。

「サインをして、パスポート見せてください」とスタッフの女はいった。

小田豊、ユタカはすでに書いてある文字を意識しながら書いた。

「きれいな文字、字というより絵みたい、私、好き」と女の声が弾んだ。

思わず顔をあげると、興味深げに見入っていた。黒髪に艶のある濃い肌、たとえばそれはスペインやイタリアの日にさらされた女たちの色合いだった。容貌は目がくっきりと深く唇は薄い直線を描き、鼻や顎が鋭角的で、とりすました印象さえ与えかねない。それをカバーするのが笑みと柔らかな声の話しぶりだった。

「日本からきたの？」パスポートを見て女が問う。

「ついたばかり、とりあえずB＆Bに落ちついて、これから部屋を探す」ユタカは何か情報を得られないかと思って答えた。

くすりと、女が笑った。何？　とユタカの眼差しがたずねる。

「髪がめちゃくちゃ」

ユタカは手で整える。「風のせいだ」

「あなたも、飛んできたのね、妖精みたいに」

「……？」

「妖精は風にのって移動するのよ。で、どれくらいいるの？」

「できたら一年はいたいなあ」五百ユーロを受けとっていった。

残念ながら女は助けにならなかった。ようこそレタケニーへ、うまくいくといいわねと微笑を浮かべるだけだった。

ふたたび通りに出ると、風にくわえて雨が降りだしていた。よこなぐりの小粒の雨、しかし傘をさす人は見あたらず、急ぎもしないようだ。のんびりとショーウインドーからなかのドレスを眺めている娘がいる。白い半袖シャツの男も立ちどまったままモバイルフォーンで話している。見るだけで寒くなり、ユタカはハーフコートの襟元をつかむ。B&Bにもどることにして歩きだした。アラブの女は先ほどと同じ姿勢で雨に濡れていた。

突然鐘が鳴りだし、ユタカは空を見あげて四方に目をやった。教会らしい建物は見つからない。歩きまわっていても目にしなかった。しかし、暗い空と強い風と飛沫のような雨とが鐘の音をとじこめるのか、渦を巻くだけで響き渡るという感じではない、きっと近くで鳴っているに違いなかった。

雨がやむのを待つわけにはいかずまた出かけた。地元の新聞を買い、そのまま奥にある軽食のコーナーでフィッシュ&チップスを食べながら、部屋の案内を探す。学生がルームシェアを求めている。部屋代は安いが、一人がいいと思いなおした。馴れないせいか適当なものが目にはいってこない。三百ユーロの部屋が出ていた。思いきって電話することにしたが、相手は出なかった。

またメインストリートをいき、不動産屋をのぞいてみた。家や土地の売買広告ばかりが目につく。タイプを打っていた女性に声をかけて聞いてみたが、アパートは扱っていないという。別の不動産屋にいっても答は変らず、要するにこういう店は大きな物件ばかりを扱っており、アパートや一部屋の貸し借りは自ら新聞広告や近所の店の広告版を利用して当たるしかないのかもしれない。

レタケニーにきて二日目、このまま観光旅行で帰るしかないのだろうか、計画も当てもなくくるのがそもそも無謀だったと、ユタカの焦りは膨れていた。

歩きつかれ何の気なしにメインストリートからそれるとそこに、何軒かの家の写真をドアに貼ったそっけない事務所があった。なかも薄暗く、誰もいない。誰かいませんか、と声をあげた。返事があり中年の男が出てきた。アパートを探しているとユタカはいった。あると、男は答えた。月額五百ユーロ。何となく胡散くさい、ぼられているのではないか。もう少し安いところはないかなといってみると、それなら新聞で探すしかないだろうと男は返す。馴れないから新聞では無理だとユタカは説明し、助けてほしいと頼んだ。助けられるなら助けるが、と男は口ごもる。彼にも手はないらしい。

五百ユーロ、一ユーロ百四十円でとユタカは計算した。日本円でいうと七万円だった。短期ということもあるし家具つきということも考えれば高くはないかと思いなおして、そのアパートを見せてもらうことにした。

男は鍵を手にとり、いこうとうながした。メインストリートに出て下っていく。アイルランド銀行やショッピングセンターをとおりすぎて、そこだと男が指をさす。案内されたアパートは日本でいう三畳くらいのエントランス、十畳くらいのリビング&キッチン、六畳ほどの寝室、その隣のバスルームというもので、ユタカは気にいりその場で借りることにした。

ほっとすると、何であんなに焦ったのだろうと自分の度胸のなさが滑稽に思えてきた。そうして唐突に典子《のりこ》の姿を思いうかべた。今にも泣きだしそうな、それでいて怒ってもいるようなゆがんだ表情。何もいえずにうつむいたユタカ自身もそこにはいた。

銀行の前でとりあえず男と別れた。キューにならび順番を待った。二人ゆずって前回扱ってくれたスタッフの窓口をめざす。首を傾げると、女はハローと笑顔になった。

「部屋は見つかったの?」

「ハイバーニヤンアパート11、これから契約をする、そのためのお金さ」

「よかった。この前と表情が違うわ」

「どんなだったの」

「とっても暗かった」

それで訝しそうに眉をひそめたのかと、ユタカは思いだす。

「たのしんでね、ここの暮らし」

「ああ、もうたのしんでいる、きみにも会えたし」

「あら、どういう意味?」

「意味なんてない、でも知らない人に会えるのは素敵でしょ」

「そうね、私もうれしいわ、あなたに会えて」

「僕の名はユタカ、きみは？」

「ジュリア」笑みのまじる声だった。

契約を済ませ、部屋にトランクをもちこみソファーに坐りこんだ。不動産屋の主人がいっていた、ハイバーニアとはアイルランドを古代のローマ人が呼んだ名だと。暖房がまだ効いていないので少し寒い。部屋はメインストリートとは反対側に面していた。

向いの建物の一つの煙突からは煙がたちのぼる。石炭かターフか燃やしているのだろう。紅茶を飲みたくなったが何もないのだった。のんびりしてはいられない。食料品やら寝具やらを買いあつめなくてはならない。とりあえず必要なものを書きだした。ベッドカバー、シーツ、枕、上掛け、何しろ剝きだしのベッドがあるだけなのだ。石鹸、ティッシュ、洗剤、トイレットペーパー……。あとは思いつかない。

ふたたび外へ出た。黒い天上から今にも雨が降りだしそうだった。降ったと思うとやみ、やんだと思うと降る、冬のアイルランドはいつも微妙な空模様なのかもしれない。

ショッピングセンターは歩いてすぐ、アイルランド銀行にも五分足らずでいける。ほんとコンパクトな町だ、とユタカはつぶやく。ショッピングセンター内の通りに面したところにイースンがある。ユタカはまずそこにより、ハリー・ポッターの一冊目をつい買ってしまった。封筒と便箋も思いついた。それから生活雑貨や衣料品を売る店に寝具を買いにいき、一番安いのをとことわって店員にすべて任せてしまった。

大きな荷物が二つ、これ以上はもてそうにない、両脇に抱えて部屋にもどった。これでとりあえず寝るのは困らないと思いながら整えると、なぜか枕が二つあった。それにベッドはセミダブル、でも上掛けやシーツのサイズはあっている。あの店員ちゃんと分っていたのかしら、とユタカはつぶやいた。僕は一人暮らしなのに、とさらにつぶやいたが、そこにいるのはユタカだけ、返事があるわけではなかった。

典子を思い、急いで打ち消した。恨もうとしても恨めず、忘れようとしても忘れられず、ユタカを縛る。今ごろは寝つかれず彼女もまたユタカを思って悶々としているだろうか。あるいはすっかり忘れさってたのしい夢のなかだろうか。忘れたさ、典子の意思なんだからと、またユタカはつぶやき、その声を耳にして独り言に気づいた。典子と別れて一人を意識するようになってついた癖だった。

疲れを感じてそのままベッドに横たわるとすぐに何も分らなくなった。日本を発ってヒースローに到着し、二日間ロンドンを歩き、ビクトリア・コーチ・ステーションからバスでダブリンにきた。それからドネゴール、そしてレタケニー、動きまわっていた。住処が決まりほっとして噴きだした疲れかもしれない。目覚めると夜の早い北の国、外は暗かった。中途半端な眠りで体がだるい。買い物をして食事づくりというのも面倒で、外食にした。翌朝のために紅茶とパンとチーズ、バター、ライムママレードを購入して帰り、シャワーを浴び、そのままベッドでこんこんと眠ってしまった。

すっきりした目覚めだった。外はすっかり昼の光で時計を見なくても朝とはいえない時刻だということが分る。今日から何もしない日々が始まる。アイルランドにいるんだと、あらためて思った。仕事のことも典子とのこともすべて過去に葬りさる。その最初の一日。

パンツ一つの裸のままリビングに移ると、テラスの手摺にカラスがならんでいた。クウクウという鳴き声を眠りながら聞いたように思ったが、その主だった。日本のカラスより小ぶりで、忌まわしい印象どころか可愛らしかった。向いの屋根が輝いている。どんよりした空はどこへいってしまったのだろう。灰色の空にはかなわないが青い空もたまにはいい、外を歩きたくなって急いで紅茶をいれパンを焼き腹におさめた。

散歩がてらの買い物か、買い物がてらの散歩か、メインストリートに踏みいれた足をとめて下ろうか上ろうか思案し、上ることにした。ショッピングセンターも銀行もとおりすぎたところで路地から出てきた不動産屋の男と鉢合わせだった。陰気な雰囲気は青空の下でも変らない。彼は小首を傾げた。それが挨拶だった。ユタカは泳ぐ場所はないかと聞いた。意味がとれないらしい。体がなまるから運動がしたいというとやっと理解したようで、それならレジャーセンターだと半回転していくべき方向を指でさす。

ポストオフィスやバプティスト教会をとおりすぎる。鐘の音はここから鳴り響いたのではないだろう。見あげてもそれらしい鐘楼はない。何人かの男たちに首を傾げられ、ショーウインドーをのぞき、つい足がとまってしまう。

道は傾斜している、両手に袋を提げたお婆さんが体を左右に揺らしながらゆっくりとすすむのを追い越した。ハローと声をかけると足をとめてしまい、息を整える。ユタカは後ろむきになり手を振った。しばらくいきその道を右に折れて坂を下ると、レジャーセンターはあった。スクールバスがとまっていた。入会金など要らない、金さえ払えば誰でもはいれるという。説明を聞き、今は学生の時間だというプールを見せてもらうと、日本でいう中学生くらいの男の子たちがいた。泳ぐというより水遊びという感じだが体育の授業らしかった。先生らしい人はプールにはいらず係員と一緒に椅子に腰掛けているだけ、ろくに生徒たちを見もしない。何だかいいかげんで、それがユタカには面白かった。

ユタカはバス・ステーションの先にある町一番のスーパーであるテスコまでいき、醬油や中華風辛子などを仕入れた。オイルサーディンやパスタのソース、胡瓜やレタス、キャベツ、トマトなどの野菜類も買った。やるべきことを一つ一つこなしているという大袈裟な実感とともに、金がつづくなら一年はいたいと、また思った。袋を抱いて足どりは重い。人々に追いぬかれる。僕の番だと笑いがこみあげた。坂の町は歩く人が多い。

身の周りのものやキッチンの必需品がととのうと気持も落ちついた。たっぷりの時間があった。何しろ朝起きても、食事を急ぐでなし、仕事に出ていくわけでなし、ポリッジやシリアル、トーストパンに紅茶をゆっくりととり、気がむいたらシャワーをあび、それでも午前九時前、手摺にとまるカラス、テラスのむこうの屋根、さらにむこうの灰色の空をラジオあるいはCDを聞きながらしばらく眺め、それにもあきると本をひらいた。ハリー・ポッターとアイルランドの古くからあるケルトの物語を読んでいる。ヒューゴ・ハミルトンのスペクルド・ピープルも買った。十一時をすぎるとプールへいく用意をする。たった一日で生活パターンができてしまった。制限する何ものもないからかえってそう決まってしまったようなものだった。

十分ほど歩いてレジャーセンターにつくとすぐに水着になり、それまで泳いでいた学生たちと入替わりに泳ぎだす。ユタカが一番乗りだった。休みなしに千メートル泳いで上がり、ジャグジーにつかり、サウナにはいる。太ったおばちゃんやらぎょろりと目玉の大きなおじさんやら、言葉の合間合間にファッキンと耳障りな語をはさみこむ気のいい青年やら、何人もの人に話しかけられる。

どこからきた？　日本。このあいだテレビでやってた、まるで蜂の巣みたいに縦横ならんだ床に寝転ぶ男たち。その光景が信じられなかったと男はあきれたようにいった。カプセルホテルね。いったことある？　あるよ。立ちあがることはおろか動くのも不自由なんだろう？　そうだね、でも風呂にはいって寝るだけだから。あんたは東京からきたの？　ま、そうだけど故郷は違う。どんな町？　小さな何もない町。小さいってどのくらい？　人口十七万くらいの町。えぇー、それが小さな町、レタケニーは何人だ。七千いないだろう、と隣の男が口をはさむ。ゴールウェイだって五、六万くらいだぜ。泡粒がとびはねている。ユタカは額の汗をぬぐい、じゃあまたといってあがっていく。

外は雨だった。ユタカは傘をとりだす。受付のスタッフが用意がいいというようにうなずく。降ったりやんだり当てにならないからいつもいれておく、とバッグを掲げてみせた。スタッフは肩をすくめ、それがアトランティックウエザーさと答える。

ここの人たちがアトランティックウエザーと口にするとき、それは天候にかぎられたことではない、受けいれるしかないという意味あいがあるらしい。受けいれじっと耐えて、つぎを待つ。

アイルランド人気質をつくったのはこの気候でもあるだろう。

ドアから出て外気に触れた瞬間、ほかほかと暖かだった体がきゅっと縮んだ。身震いを一つして傘をひらき、歩きだす。ふとユタカは自分の動作が日本にいたときと違ってしまったような気がした。人にかぶれるのかな、と考えておかしかった。女の人が歩いてくるので笑いを消し首を傾げると、彼女はハローと返してきた。典子を断ち切る、とあえて思った。

坂道がメインストリートに合流した。そこで若い警察官と半袖のTシャツ一枚の同い年くらいの青年とが立ち話をしていた。青年の腕に抱きつくようにして警察官を見上げている小柄な女の子もTシャツ一枚でしかも臍がまるだしだった。服装だけを見ると季節がめちゃくちゃで、雨も寒さも知らぬふう、目にするだけでユタカは鳥肌が立ってくる。

歩道は食事に出てきた学生たちで混みあい、いくつの学校があるのか制服ごとにあちこちにたむろしている、週日の光景だった。アイルランド銀行の前でジュリアと出くわし、ユタカは首を傾げた。

「会えてうれしいわ」

ジュリアも傘をもたない。ユタカはさしかけた。二人の脇をスーツ姿の男が上体をよじってすりぬけていく。

「買い物？」

ユタカは首を振り、「プール」

「火照った顔してる」

「自分ではそんな感じないな。この寒さだもの外に出れば一瞬にして凍ってしまう」

「寒がりね」とジュリアは笑う。

「お昼の休み？」

「食事にいくの」

「そう、僕もいこうかな」

「いらっしゃい、一緒に食べましょう」ジュリアは腕をくんできた。

ショッピングセンターの入口で傘をとじながらユタカは、「なぜきみたちは傘をささないの」と聞いた。

「理由なんてないわ」

「そうかなあ、でも、よく壊れた傘が落ちてるね」

「風のせい」

「だからささない？」

「いちいちさすのが面倒なんでしょ」

「何かあるはずだ」

ジュリアはくすりと笑う。「あなたにとってここは何もかもめずらしいのね」

「異国の地だから。憧れのアイルランドさ」

ここも学生たちで混雑していた。雨で特に多いのかもしれない。通路でふざけあい大声で笑い、周りを気にしない。悪戯そうな少年が笑みを浮かべて首を傾げるから、ユタカも傾げた。

すっかり覚えてしまったわねとジュリア。

「でも女性にはしないのよ」

男と男の挨拶らしかった。

「女を排除した男同士の親密さを確かめあうのかな、男としての深層心理で」

「あなたの国にもあるの？」

「さあ、なぜ？」

「そんな言い方じゃない」

「でも女性も答えてくれる」

「あなたが外国人だからでしょ」

地下のセルフサービスの店は人でいっぱいだった。この町のメインストリートはいつも人の流れがあり、こうして昼時には混雑し、人口が七千人足らずというのが嘘のようだ。だがジュリアは人が集中するからよとこともなげにいう。メインストリートといっても十五分も歩けば終りだもの。

ジュリアはシチューにパンとポテトチップスつきベーコン&ソーセージ、ユタカはローストビーフに茹でたポテト、人参、キャベツ、トマトを、注文した。聞きながら店員が皿やカップに盛るのだった。

「質問だけど、カーブした道に沿って建った家がカーブしてるでしょ、あれはなぜ」

「あなたは答えられない質問ばかりするのね」

「ふしぎだからさ」

「まがった道に真直ぐの家は建てられないでしょ」

「じゃあ道があって、家が後から建てられたのか」

ジュリアは眉をしかめた。「家がまがっていたから道もまがったの？」

「どっちだろ」

「子供みたいに何でをくりかえすあなたには特別なガイドブックが必要だわ」と今度は笑った。

「僕の興味は子供なみか」とユタカも笑う。

「私たちにはあたりまえで気にもとめないことがあなたには新鮮なのね、それを知ることが私には新鮮だわ」

あっという間に時間がすぎていた。話はつきないが、ジュリアはもどらなければならない。

「たのしかった。質問ぜめで疲れた？」とユタカが問うと、

「ううん」とジュリアは返す。「もっと話していたいけど……」

「仕事ではそうはいかないね」

「働いているからこそ、合間の息抜きもたのしいの」

ユタカはうなずくような首を傾げるような曖昧さで答をにごす。何にもしない日々の放恣な快さも捨てたものではない。心にはそんな思いも芽生えている。

「あなたはこれから何をするの」見抜いたようにジュリアはたずねた。

「散歩。どこへいこうかな」

住宅街の入り組んだ道をいくのもいいし、放牧地をいくのもいい、いずれにしても丘にあるから上ったり下ったり、気ままに歩けばどこかへ出る。妖精に出会うかもしれない、とユタカはいった。騙されないようにしなさいとジュリアは注意する。特に野ウサギを見たら気をつけるのよ。なぜ？　いたずらな妖精が姿を変えているの。

それから、とジュリアはうながす。それから？　散歩のあとよ。帰りには食料を仕入れ夕食の支度、本を読み、ＣＤかラジオを聞き、たぶん一パイントのラガーを飲みにクライアンズに出かけ、誰かに話しかけられたら応じ、夜の街を帰って寝る。

「退屈しない？」

「退屈どころか、驚いている、こんなゆったりした時間がもてて」

外は雨があがっていた。でも当てにはできないとジュリア。黒雲がびっしりとつまっている。アトランティックウエザーでしょ、とユタカも口にする。

ふわりと体をよせてジュリアはキスをし、身を翻して足早に去っていった。不意をつかれたユタカは呆然と見送った。ジュリアこそ人にいたずらをする妖精ではないか。他のアイルランド人より浅黒く、髪は緑、野性味がある。もう少し年がいけば魔法使いにさえなれそうだ。そう思うと、今読んでいるアイリッシュ・ミス＆レジェンドという本の表紙の女によく似ていた。

気をとりなおし、ユタカはアパートへ帰った。手紙がきている、ポストオフィスにとりにくるようにというメモがあった。おかしいなと思いながら急ぎ足で出むいた。手紙でなく小包みだった。母親の手による宛名のアルファベットがたどたどしい。

水着やタオルを干し、一息ついてから包みをあけた。煎餅と手紙だった。元気ですか。何をしているのか分りませんが、馴れない土地の暮らし、気をつけてください。父さんと私は相変らずの毎日を送っています。まさかいったままということはないのでしょうね。あんたは頭を冷やして考え直す、そのための一時だといいました。昔からあんたは自分のことは自分で決めてきました、私らは親らしい何もしてやらなかった。あんたを信じています、ほっとするのも大切でしょう。逃げるのではないともいいました、私は逃げるのもいいと思います、ただしもどるなら……。

そろそろ起きだすころだろうか。いや、まだ早すぎる。いずれにしても五時ごろには起きだして、足が弱らないように夫婦で近所を散歩するはずだ。上体を揺らしながら蟹股の足でえっちらよっちらといく。父親ほどではないが母親も蟹股だった。二人とも何年も坐りつづけたせいだろう。

八時には仕事を始める。のんびりする暇はない。むかいあい手作業で煎餅を焼く。仕事が二人の体つきをつくりあげた。蟹股ばかりでなく背も丸い。火にあぶられ汗をかきつづけ、奇妙につるつるの肌をもつ顔つきまで同じ。月日をかけてたがいに似てしまった夫婦だった。

ユタカがまだ小学生、中学生のころは汗を拭き拭き手を動かしている姿が格好悪くて嫌いだった。仕事をしている彼らを見るのが嫌い。煎餅屋といわれるのも嫌い。

成人してからも変らず、大学を出て継ぐ仕事ではないと口にはしないが考えて、両親もその気持は分っていた。

それなのにアイルランドにきてからすでに数回、彼らを夢に見た。夢のなかでも煎餅を焼いている。嫌悪を抱くどころか、その姿が懐かしかった。子供のころはなぜあんなに恥ずかしかったのだろう。

ユタカは煎餅を手にとり、しげしげと眺めた。それから、口にした。ぱりっ、かりっと砕けていく。薄焼きだが奥歯にはかたく、舌先では溶ける。醤油の馥郁とした香りが、口内に広がっていく。手紙にはお煎餅はまた送りますとあった。それが母の気持だった。売り物なのに、とユタカはつぶやき、またかじった。

散歩に出、クライアンズをとおりすぎ、メインストリートのつづきを下っていった。左手にデューンズストア、そこもとおりすぎた。俯瞰的に見れば通りは丘の中腹にできている。左の斜面が削られ整地され、スポーツ施設が建設されている。もっと下のほうにはスウィリー川が蛇行して流れている。堤の代わりというように流れにそって生えているのはハリエニシダだろうか。やがてスウィリー川の手前にラグビー場が見えてきて、そこを右にまがり上っていく。道に沿って大きな樹が植わっており、反対側には林や家もあるが、どこかに潜んだ鳥の鳴き声も絶えない。その澄んだ細い声が姿形まで想像させる。

全体が牧草地になっている丘についた。羊が思い思いに草を食み、横たわり、あるいは何頭かで歩いている。カラスが土をつついていた。ユタカの背をするりと冷たいものが走りすぎる。灰色の午後の穏やかな風だった。

ユタカは彼方に目をやった。牧草地は緑、あの茶色く枯れた草は何だろう。光が足りず水面に輝きはないがそれでも川の流れは見てとれる。さらにむこうには丘がつづく。もう少し明るければ風力発電の塔がならんでいるのも見えるはずだ。

レタケニーの探索が終ったわけではないが、この場所がもっとも気にいってしまった。静かで美しい、しかしそれだけではない、では何だろうと探しても、それはまだ見つからない。人の心をゆさぶる何か磁気のようなものをおびている。ユタカはくるたびに切なくなり、このまま人知れず消えてしまいたいと、思わず願ってしまう。溜息がもれるのはそのせいだろうか。ふわりと四囲が明るくなり、見あげると雲が切れ、青い空がのぞいていた。夏の空を見てみたいとふと思う。

できるならこの風景を手紙にして典子に送りたい。その思いをこめてユタカは日記をつける。目に映ったアイルランドを語る。レタケニーという町のゆったりとしたたたずまい、街や自然がどんな彩りなのか、人々の生活ぶりがどんなものか……。メインストリートにある仕立て直し屋では道に面してミシンがおいてあり、男がジーンズの裾にステッチをいれている場面に出くわして思わず立ちどまってのぞくと、目があってしまい、同時に首を傾げあって笑ったことを昨日は書いた。書くことはたくさんあった。どの話も典子ならよろこんで聞くだろう。今もそう信じたい。しかし彼女は遠い。

いつものように学生たちと入替わって誰もいないプールにはいり、泳ぎだした。しばらくすると何人かの人たちも泳ぎだす。ユタカはスポーツとして泳ぐが俺は遊びさといつも一緒になるお爺さんのいうとおり、彼らは思い思いの泳ぎっぷりで、お世辞にも上手とはいえない、だがたのしんでいる。コースなど決まってなく、真直ぐすすもうが横切ろうが立ちどまろうが自由だった。

そこを一直線に往復してユタカは休もうとはしない。ときにはぶつかることもある。突然目の前に影があらわれ、頭と頭を思いきりぶつけてしまった。大柄な若い男だった。ユタカは男のゴーグルのどの部分かに額を切られてしまったのか、手でぬぐうと指が赤く染まった。だが痛むわけではない、監視していたスタッフが絆創膏を張ってくれたのでそのまま泳ぎつづけた。

その後ジャグジーに移動すると男がいて、大丈夫だったか？　と声をかけられ、前を見ていなかったと言い訳をされた。彼はティムと名のった。昔はラグビーをしていた。今は病院のリハビリステーションで働いている。どこからきた？　という聞きあきた質問に答えた。つぎはここに何しにきたかという疑問。仕事？　ううん、とユタカは答えようがない。毎日何をする？　本を読む……。それから、とティムは聞いた。泳ぐ。それだけ？　散歩する。

「要するに何もしてないのか、若いのに金があるな」

「有り金はたいてやってきたんだ」

「夜は困らない？」

しばらく意味を考えてから、肩をすくめた。

「不自由したら俺にいって、紹介する」

「そんな場所があるの」

「ある、小さくても健全な町さ」

冗談ともいえないその口調に、ユタカは笑う。

「男はみんな酒飲みのろくでなしと俺の恋人はいうけどね。酒と女がおたのしみさ。この小さな町にバーがいくつあると思う」

「確かにたくさんあるな。それでも店をやっていけるわけだ」

それからティムは話をもどし、男ばかりじゃない、女だって同じだといいだした。つまり酒と男が好き。

「恋人だけど、俺の全身を彼女の舌は知っている」そういってウインクした。

彼女のセックスは獣のように激しくて、ときにはもてあますと自慢げにいう。

「そんなことをばらしていいの」ユタカの方が心配した。

「いいさ、で、あんたの恋人は？」とティムは聞いた。

「いない、別れたばかり」

「傷心の旅か」

それが呼び水となったのか、ティムは俺も幼馴染の恋人と今、ぎくしゃくしていると語った。全身を彼女の舌が知っているといった直後に今度は顰め面だった。周りに反対され、一時は駆落ちまではかったのに彼女の情熱が冷えていく。

「親の意見は聞くなといくらいっても、あんたこそ家族に左右されているというし、批難の応酬になってしまうんだ」

「いろいろあるんだろうね」

「ああ、いろいろね」

「どんな人なの？」

「肌のきれいな、グラマーな子さ」

東洋からきた何も知らないユタカには話しやすいらしい。相談ではなく、ただ胸のつかえを吐きだしたいだけのことかもしれない。

別れ際、これからまた仕事だとティムはいった。夜はたいがいバス・ステーションのそばのラウンドアバウトに面したシスターサラズにいるから、気がむいたら出てこいともいっていた。

メインストリートを下っていくとジュリアがいた。いつもプールの帰りに出会う。お昼食べましょうと彼女は誘う。ユタカはふと、読んだばかりのレジェンドを思う。消えた地下の人たちの末裔の魔女が、痩せ細る自分たちの血を強めるために男を攫う。彼女は美しく男は正体を知ったうえでついていく。ジュリアはその女と同じ雰囲気をもっている、そう思えたのだ。何？　という表情をジュリアはつくった。ユタカは肩をすくめてごまかした。

久しぶりに眩しいほどの青い空に誘われ、テイクアウェイのカレーをマーケット・スクエアーのベンチで食べることにした。通りの向う側の銀行から出てきた同僚の女に気づいてジュリアは手をあげる。相手も同じようにして答える。僕が一緒でいいのだろうかと、ユタカは恋人のいるジュリアが気にしないのが、気になる。それを打ちあけたら、かえってジュリアは笑うだろうか。昼食をともにするだけだと。今日もいるだろうかと、ユタカがたのしみにしているのを知らないのだ。

カレーは辛いばかりで塩気が足りず、いまいちの味だった。ここのカレーはみんなそう。

よちよち歩きの女の子の手を引いた母親がとおりすぎる。私も子供がほしいと、ジュリアがいった。

「恋人とつくればいい」とユタカは何でもないふうをよそおって刺激した。

なぜそういうの、とジュリアは驚く。ユタカにはその問い自体が分らない。

「予感があるの、いずれ私は父親の無い子供を生む」

ユタカは戸惑った。

「分らないでしょうね、私にも父親が無いの」いないではなく、無い。「私はダブリンのGPO（中央郵便局）で拾われたわ」そういってから首を傾げ、「盗まれたというべきかしら」

ジュリアの母親は夢でGPOへいけと告げられた。翌日何も分らないままにいってみると、女の赤ちゃんが電話のブースにおきざりにされていた。母親は抱上げ、逃げた。オコンネル・ストリートを走り、リフィー川をわたり、グラフトン・ストリートをつきぬけ、セント・スティーブンス・グリーンでやっと一息ついた。

「私は拾いっ子なの」

でもそれは子供のころに聞かされた母親の作り話で、今は事実も分っている。

二十歳のころ、母親には結婚を誓った恋人がいた。恋人の家族も母親の家族もその結婚に反対で、二人してアメリカへ渡る計画を立てた。しかしいざ決行の日に恋人はひるみ、もう少し家族を説得しようといいだしたのだった。この人のなかには迷いがあると、母親は絶望した。

しかしすぐには別れようとしなかった。身籠ると、恋人の前から姿を消した。

家族にも告げず、失踪し、それっきり。恋人は心から愛した人、でもけっきょくは去っていく人、だからこちらから捨てた。一人の男と一人の女の恋、そんなものではなくなっていた。

母親にも誇りと意地があった。父親の無いジュリアを生み、レタケニーまで流れてきた。一人で育てるのは容易なことではなかった。母親の苦労が今、ジュリアの骨や血になっている。

「取り残されて恋人は恨んだかもしれないな」

「これでよかったと、ほっとしたでしょう」とジュリアは突き放す。

毅然としたジュリア。彼女には父親は無い。

「母の娘と意識するようになったわ。母さんのように生きたい、母さんのようにはなりたくない……、私はいつも大きく揺れていた」

父親の子だったら、どうだったろう。そんな想像に意味はない。

「一度だけ母はその人を見かけたらしいの、たまたまダブリンへいって。すれちがったのね。その人は母のことを気づかなかった。さえない中年男だったらしい。私は間違ってなかったと母は確信したというの」

母親は吸いとるものは吸いとった、男は抜け殻だった。

母親も苦労したが、ジュリアも戦ってきた。

「私が小学生だったころ、よくいじめられた、ウイッチと。そのころクラスメートで助けてくれる男の子は一人しかいなかった。でも私を助けようとしたら彼も仲間はずれにされる、それがつらくて私は一人で頑張ったの、ある日私をいじめる理由を逆手にとってみんなを脅してやった、そしたら恐がっていじめもなくなった」

「分らないなあ……」とユタカは溜息をついた。

遠い日本からきたあなたには分らないと、悲しみと誇りとが絡んだ表情でいいきった。

「さすらう私たちは始末におえない、でも定住する私たちはもっと始末におえない、そういわれる……」

ジュリアたちへの人々の気持をこれほど的確にあらわしている言葉はない。そういわれてもユタカには重みを実感できず、曖昧にうなずくしかなかった。

「何だかだいっても私は、母の子なの。私を食べさせ学校へやり、人の善意や悪意から守ってくれた」とジュリアは、ユタカにというより自分にいう。

母親と同じ道を歩むと確認するかのようだった。

ジュリアは時間を確かめた。もういかなくちゃといって立ちあがる。きつい表情がゆるみ、いつもの顔にもどっていた。

「今日もこれから散歩？」

「うん、驚いてる、散歩がたのしいなんて以前は感じなかった。時間に追われながら働いていたんだ」

「あなたが？」

「ああ、働きつづけていたら、今ごろは壊れてしまっていたかもしれない」

「聞きたいな、あなたの物語」

「いつかね」

アイルランド行にむすびつくいろんな思いが渦巻いている。少しずつでいいから整理したい、そう願いながら、うまくいかない。しかし、思いきってこの国にきて、とにかくほっとしている。

「少し分った気がする。今、癒しのときなのね」

ユタカは肩をすくめた。

「初めてあなたが銀行にきたときは、とっても暗い表情で胸を打たれたわ」

「覚えてる、きみは顔を顰めたんだ、それから励ますように笑顔になった」

ジュリアは向い側の銀行にはいっていった。見送ってユタカもアパートに帰る。

散歩に出、デューンズストアのコーナーを左へ曲がりスウィリー川を渡って反対側の丘へむかった。道に沿って灌木がつづき、牧草地を囲っている。水が染みだしているのか湿りちょろちょろと小さな流れになっている。ふと動くものをとらえた気がした。目を凝らすとウサギだった。跳ねて繁みのむこうに消えていった。気をつけなければ、とジュリアの言葉を思いだした。二頭の羊が闘牛もどきに頭をぶつけあっていた。きみたちもそんなことするんだね、と、ユタカは声をかけたが、彼らは知らんぷりだった。

風が生まれ、おやっと思ったときは強まっていた。一瞬の出来事だった。空には灰色の雲がわいていた。いや、風に運ばれてきたのだ。ジュリアはユタカも風にのってきたといった。妖精のように。道をいくお婆さんたちは悪戯されるのを恐れて襟元をきゅっとしめたわよ、といっていた。

その夜、夕食がすんでからクライアンズへいった。気まぐれにギネスを注文したが生ぬるくかすかに甘ったるい、一口飲んでラガーにすべきだったと後悔した。

男の膝に坐る女が首をよじり、キスをかわす。目にしたユタカの胸が騒ぐ。

六本木にあるバーに典子とよくいった。客は外国人が大半をしめていた。ユタカは高校生のときにアメリカに交換留学生で一年いた。それを知って典子が連れてきたのが始まりだった。

ここは半ば外国で面白い。いろんな国の雑多な人々のなかで、身についたよけいなものを忘れ、本来の私でいられるのと帰国子女の典子はいっていた。伊藤という姓もなく、日本人でもなく、一人の女。裏を返せばあのころすでに、ユタカとの恋を家族から反対されていたのだ。

典子がアメリカ人の男に誘われて得意のダーツを始めた。ユタカはそばで眺めている。狙ったとおりダブルのところに突き刺した。おてあげだというようにアメリカ人が両手をあげる。典子がユタカに笑いかけ、クワントロいりの甘いカクテルグラスを受けとる。相手が日本人だとおとなしく控えめで、めったに何かを主張するということのない典子は、ユタカにたいしても我儘な態度はなく、そこが他の女の子と違っていた。恋人に振りまわされてよろこんでいる和田と話して、由香ちゃんの身勝手さにはついていけないとユタカはいい、和田は典子が素直なのは認めるが面白みがないといい、けっきょくは相性だという結論に至ったが、その典子がここでは臆することなく誰とでも親しむのだった。

みんなには性格の弱さを感じさせる典子だが、知るほどにそれがすべてではない芯は強いと、ユタカは見方を変えていった。僕にだけ正体を見せるのだ、と思っていた。

女の体がぐにゃぐにゃになっているのがユタカにも分った。好きなようにしてと体中でいっている女から顔をそむけ、男はラガーをあおる。女のとろんとした目が、恨めしげにすわる。早く何とかしてほしい。飲み干した男はジョッキを音立ててテーブルにおき、女の尻をぽんとたたいた。女が立ちあがり、男も立つ。女がしなだれかかり、二人はもつれるようにして出ていった。


クリスマスが近づきメインストリートには赤や青の星やサンタにトナカイの電飾がともされ、それで逆にネオンのない街だと気づかされた。飾りがあるだけで静かな街も何となく浮き立っている。ユタカにクリスマスの予定はない、三日間店がしまると聞いて食料を多めに買おうと思いつくくらいのことだった。クリスマス当日には町中がひっそりとしてほとんど人通りがなく、車でさえめったにとおらない。歩いているのはユタカくらいのものだ。初めて町にきた日に聞いた鐘の音の出どころである町のシンボルともいえる聖エナン教会もしんとしていた。肌が痛むほどの寒さは人の絶えたせいかもしれなかった。

ジュリアにはしばらく会ってない、きっと恋人とすごしているのだろう。レジャーセンターも休みで泳ぎにもいけない。散歩をする以外、ユタカは部屋にこもっていた。本を読むのもあきた。ぼんやりと外を見ながら、一年でこうも違う、と思った。去年の今ごろは懸命に就職先を探していた。

ユタカの勤める会社が競争相手に吸収されてしまい、リストラが始まっていた。システムキッチンのセールスが彼の仕事だった。マンション建設で受注することはまれで、個人の家や分譲住宅など足繁くかよって契約を得るには体力と忍耐が必要だった。ときにはユタカ自身が現場に出向き、流しの水道の栓をとりかえたりもする。そんな地道な努力を重ねても、住宅会社では何を採用するかほとんど決まっている、割り込むのはむずかしい。ユタカの手がけていた大口受注が最後に競争相手にひっくりかえされた。悪夢だった。その直後に待っていたのは、解雇だった。

故郷に帰り、両親に再出発だと告げた。彼らは大きな火床を挟んでむかいあい、汗をかきながら煎餅を焼いていた。父親も母親もまるでユタカの言葉を聞かなかったかのように無言で、ひたすら焼けぐあいを見ながらひっくりかえしている。ユタカも黙りこみ二人の手の動きを見つめていた。何十年もここに坐り、熱く焼けた煎餅を素手でひっくりかえしてきた。もちろん箸もあるが急くと使ってはいられない。指先は固く胼胝のようになり火傷という症状もおきはしない。毎日毎日朝から晩まで焼きつづけるのだ。店構えなどほとんどない。ガラス障子をあけると狭いたたきがあり、正面にガラスケースが三つならんでいるが、なかは空っぽだった。いつの間にかそれが常態になってしまった。仕事場の隅には仕上がった煎餅を詰めて包装する四角い缶が積まれている。

「帰ってきて煎餅焼くか」と父親がひっくりかえしながらいった。

ユタカは一瞬、何をいわれたのか、迷った。

そのとき電話が鳴った。母親が出る。はい、三千円のを二つですね、三週間は待ってもらわないと……。注文がはいったのだ。両親の焼く薄焼き煎餅は町で評判の菓子で、人々は盆暮れや特別な訪問のときにこれを贈り物にする。人を雇わず、機械化もせず、夫婦の手作業では数にかぎりがあり、注文を受けても待ってもらわなくてはならず、注文するほうもそれを見越すようになっている。味はたもたれ家業として安定はしていても、儲けはうすいし、そのわりにはきつい労働だった。

「何で」とユタカは口ごもる。「初めて聞いた」

「初めていったさ」無口な父親がそう返した。

翌日ユタカは東京にもどった。家を出るとき、悪いけどその気はないと、告げた。東京でやりなおす。そうかい……、がんばんな、と母親が答えた。父親は何もいわなかった。

しかし就職先は決まらなかった。そんななかでクリスマスを典子とすごした。仕事、見つかりそう？　と彼女はたずねる。たとえばガソリンスタンドやファストフード店のアルバイトなら見つけられるのかもしれないが、それは念頭になかった。あくまで正規の社員でなくてはならない。典子の家庭を少しは分っている、自分がどう思われているかも。典子は典子で彼の失業に心配していたようだが、それがどれほど深刻か、ユタカに気づく余裕はなかった。大きな会社を狙いすぎるんじゃないの。不安そうな目で見つめてくる。そういうところは初めから相手にしてくれないのに。

典子の親はすでにユタカの失業を知っている。それでなくても娘の相手として不満なのだ。正月にお父さんは帰ってくるの？　典子の父親はある大企業の幹部で現在は日本をはなれ、アメリカの支社で経営のてこいれをしている。帰れないらしいわ、三月まで。彼が帰国する前に就職先を決めてほしいと典子は願う。両親は典子とエリートとの結婚を望んでいる。ユタカに嫁がせるのはもともと反対なのだ。

一年後の自分は働きもせず、貯金をはたいて日本をはなれ、アイルランドにいる。夢のようだ。何を焦っていたのだろう。職も恋もすべてがご破算になったことにほっとしている。先の当てもないままに、現在の状況にほっとしている。先日は、何をしてますか、お金に困ってはいないでしょうねという母親からの手紙がきた。

ハリー・ポッターの五冊目を読みおえた。今度は何を読もうか。ロディ・ドイルのパディ・クラーク　ハハハ？　無為という充実の行為。食べ、泳ぎ、散歩をし、ときにはバーに足を運び、本を読み、眠る、その繰返しの日々。いくらジュリアやプールで会う人たちと話をしてもそれは行きずりの会話でしかない、基本的に一人なのだった。

一人は淋しくもあり、けれど安らぎでもあった。パソコンも携帯電話ももってこなかった。アイルランドに知人はいないし、日本との連絡は手紙のほうが距離を感じられる。一人、自分を相手にし見つめる日々、こんな機会でなければめったに手にすることができない。ジュリアと昼食をとっていたときに彼女のモバイルフォンが鳴った。話を終えて彼女があなたはなぜもたないのと聞くので、説明した。共感するように、ジュリアは分るといってくれた。

年があけた瞬間には花火が打ちあげられた。どこかでサイレンも鳴っている。テラスに出ると聖エナン教会のある方角の空が明るかった。急いで外へ出て走った。酔った若者たちがメインストリートで騒いでいた。暗い空にはつぎつぎと花火が打ちあげられいろんな模様を描いている。クリスマスほどではないが昼間は静かだった、しかしコンビニや食堂はひらいていて人通りもある。夜遅く退屈しのぎにクライアンズへいって飲んだ。あまり強くない、一パイントで十分なのにそれを三杯も飲んだ。胸がどきどきして切りあげる。ドアの前では煙草を吸う客が群れている。ジョッキを手にしている者もいた。

夜が澄んでいる。雲はないらしい。レタケニーの冬の空、手をのばせば届きそうなところに珍しく星が輝いている。ゆらりゆらりとユタカは歩いていく。アパートの前をとおりすぎてしまった。ショッピングセンターもすでに暗くとざされている。

レジャーセンターへいく分れ道のところで、酔った男たちが四、五人大声で歌っている。道をはさんで女の子が数人いる。恋の駆引きか男の一人が何かいうと、女の子が笑い、さらに何かいかえす。彼女たちも酔っているのだろう。別の男が女の子たちに背をむけ、パンツをおろしてむきだしの尻を突きだした。叫び声のような笑い声のような嬌声がいっせいにあがった。

ユタカはシスターサラズまで歩きつづけた。予想どおりティムがいて、やっときたねと歓迎してくれた。二時間ほど一緒にいた。ティムは大量のラガーを飲み、かつてラグビーの全国大会であげたスクラムトライの話や、好きな歌手の話などをする。しかし表情は荒れている。何かあるの？　とユタカが訝ると、彼女といよいよだめになりそうだと突然いいだして、溜息をついた。

「肌のきれいな彼女？」

「そうさ」

「そのうち一度会わせてよ」

「鈍いなあ、おまえもすでに知ってるよ」

それ以上いうなとユタカの肩にタックルのように肩をぶつけて、彼は帰っていった。

アパートにもどり、ユタカは紅茶をいれる。どこから漂ってきたのかかすかに石炭を燃やすにおいがしていた。ラジオではスコットランドが大雪だといっている。なぜなのか量的にも日数的にもここよりはるかに多くの雪が降る。五十年前はレタケニーでもよく降ったそうだ。メインストリートをスキーでノンストップに下ったとプールでお爺さんがいっていた。年々その量は少なくなっていく。すっぽりと雪に埋もれたレタケニーを見たいが、無理らしい。

二月になると光に春の気配がまじるようになった。光が違えば温みも違う、若い人たちの服装が変っていく。年のいった人たちは相変らずの冬の衣装で、ユタカも半コートを手ばなせない。

いつものようにレジャーセンターからの帰り、ジュリアが待っていてホテルの食堂へいった。

「元気ないみたい」注文をすませてからユタカは聞いた。

「母と喧嘩をしたの」

「ふーん、そういうこともあるんだ」

「結論を出しなさいって……」

「恋人のこと?」

ジュリアはうなずく。「おそらくもう出てる、それが口惜しいの」

別れるしかないという結論なのだろう。

「彼、ティムっていうの、あなたもプールで会うでしょう」

やっぱり彼か、ユタカはそう思った。

「いいやつだと思うけど……」

「いい人よ、でもそれだけ」

出口を求めて互いを駆り立てあっても空回りするばかり、二人が二十歳になったばかりのころ、いつか別れが視野にはいりティムはあんたの影におびえるようになる、と母親はいったという。その日を迎えつつあるのだ。

シスターサラズでティムはいっていた、彼女は俺の生のにおいが好きなんだ、パヒュームとか使うなっていう、においを壊すから、だけど仕事場では体臭が強すぎるのは患者に失礼だと注意される、板ばさみだと顔をしかめ、まんざらでもない感じに笑っていた。当惑しながらも女に強く愛されている男のよろこびがあふれていた。恋の終りに悩みながら一方ではそんなことをいう、男というのは始末におえない存在だとユタカは思ったのだった。

何かあると小学生のティムが浮かんでくると、ジュリアは言い訳した。あのころの彼はどこへいってしまったのだろう。

ティムの両親もジュリアの母親も二人の結婚には絶対に反対なのだった。それは決して変らない。ジュリアの母はティムにいった、それを押して一緒になりたいなら、あんたが家族を捨てなさい。

「ティムには答えられなかったわ。母は睨むように彼を見ていた。きっと同じだったの、母の親が、母の恋人にくだした宣告よ、娘と結婚したかったら家族を捨ててきなさい。母にはそれが不可能だと分っていたの」

ジュリアも同じことをしようとしている。子ができたら、消える。ユタカの勘だった。

「二人で生きていこうと決めたんだろう」

「そんなときもあったわ」ジュリアは涙をぬぐった。「私はティムを半信半疑なの、ティムも私を半信半疑、これじゃあだめよね」

ふつうの青年と娘なのに横たわる溝が大きすぎる。

「乗りこえようとしたけどかなわなかった。いつの日か、たとえばよ、私の子や孫の時代に溝そのものがなくなってほしい」

母が越えようとしてかなわず、娘が越えようとして苦しんでいる溝。

「きみとティムで挑めばいいじゃないか。この町で夫婦として暮らす、子供も生み育てる、そうすれば子供に溝はない」そういいながらユタカにはそもそも溝が何か、はっきりしないのだった。「そうしてほしいな……」

「母も初めはそう望んだわ、でも無理だった、ティムや彼の家族を見てきて」

「つまり溝はうまらない？」

「私たちがどう見られどう扱われてきたか、墓を見れば分るわ」

ユタカは肩をすくめながら眉をよせる。

「みんなは私たちをティンカーともトラヴェリングピープルとも呼んだ、ときにはジプシーとも。……分る？」

別れ際、元気を出してとユタカはいった、かすかに頬笑みジュリアはうなずいた。

日曜日にレジャーセンターでティムに会った。

「ユタカは彼女と話すんだろう」

「昼に出会うとね」

「ユタカを気にいってるらしいぜ」

「僕も好きだな、彼女」とユタカは返した。「ジュリアはきみが僕を気にいっているといった」

ティムはふんと鼻を鳴らす。行きずりの気楽さ、それが親しみの理由だと、ユタカは承知している。

「俺たちのこと聞いた？」

「聞いた。何とかうまくいってほしいと願ってる」

ティムは首をすくめるだけだった。おしゃべりのティムが言葉少なではティムでない。

ジャグジーの泡が注いだばかりのサイダーのようにはね、顔にあたる。ときには大きな泡のかたまりが首までつかっているユタカの口元まで押しよせる。ティムは横で縁に腰掛けている。

「だんだん頑なになっていく、二人でここを出ようとしたんだ、決行の日彼女の母親が倒れた、そういうことをする人だ、で彼女はそばをはなれなかった。要するに捨てられないのさ。俺か母親か、そう迫ったらあなたもお母さんたちを捨てられないという。俺は捨てられる、俺の人生のために、それを彼女は信じられない」

「ジュリアは育った環境が違うといっていた」

たとえ踏み出しても、ティムは帰っていける、ジュリアに退路はない、すすむのみ。

「それは言い訳さ、育った環境より現在の愛の深さだ」

むしろ逆だとティムはいった。ティムの家族はジュリアを拒む、拒んでもジュリアの母はけっきょくはティムを受けいれる。

「帰れるのはジュリアさ」

「でもジュリアのいっていた帰るは、意味が違うんじゃないかな」

家族も含めたもっと大きな社会、それはユタカも理解した。

友達ならいい、でも結婚はだめ。

「俺だって分っているさ」

決行の日に母親が倒れたのは、嘘でない、しかしはなれられなかったのは、ティムを本当には信じきれなかったからだ。小学生のティムはいない、大人のティムは何かが違う。

「どうなるの、きみたち」

「俺にも分らない、ジュリアしだいだ」

「本当に好きなら、有無をいわせず連れだせば」

「彼女は自分で納得しなければ梃子でも動かない」

ユタカは苛立つ。「いったじゃないか、アイルランドの男は助平の飲んだくれ、女の意見なんか聞かないんだろう、ただ従わせるんだろう。酒が切れれば空威張りさえできなくなるの？」

「……」怒る気力もないらしい。

「どの国でも強いのは女だね、男は見せかけだけだ」

「子供のころからあいつが好きだった。だから一緒になれるなら、どんな偏見にも勝てると思っていた」


三月一日、この冬最後の雪が降った。朝目覚めると奇妙な明るさがカーテンからもれていて、確かめると外は白い世界だった。雪がうれしいなんて子供のようだと自分でも笑いながら身支度し、急いで外へ出た。浮かれるのはユタカばかりではないらしい、いつもより多くの人が通りをいく。男と首を傾げあう。彼の額には黒い十字架が描かれていた。他の人々も同じように額に黒い印がある。人々は坂を下りてくる。大人も子供も同じ印を刻印して。坂は急になり、上りきると聖エナン教会が聳えている。週日だというのにたくさんの人だ。

そういえば夢うつつに鐘の音を聞いた……。きっと何かの祝祭日だろう。目のあった老人が首を傾げた。今日は何ですか？　アッシュ・ウエンズデー。イースターの準備が始まる。ユタカがこの国にきてからすでに四か月がすぎていた。

この日から明らかに空が変った。灰色の雲がどこかへいってしまい、青い空と白い雲がのんびりと頭上をおおう。白い雲のむこうの太陽が赤みをおびて光り、半透明の雲は眩しく、黎明期の輝きはこんなかと思わせる。木々の芽が淡い色合いをただよわす。鳥の声もかしましい。そして何よりも牧場の風景が変った。羊たちがつぎつぎと子供を生み、小さな姿が大人の羊たちに寄りそわれて、わけもなく跳びはねる。

十七日、ユタカはダブリンにいた。セント・パトリックス・デー。十六日にきたのだが、ホステルもB&Bも空き部屋はなく、往生したが、やっと見つかった部屋はベッドが一つあるだけの狭いものでしかもそのベッドがスプリングが壊れていて背にあたり、ろくに眠れなかった。朝食をすませて外へ出ると、人々はもう浮かれている。通りでは面やら花やらが売られ、顔を緑に染めた子供が走り、止めようと追いかける親は緑の帽子をかぶっていた。オコンネル・ストリートは人でうまっている。パレードが始まるにはまだ二時間もある。待ちきれないのか時間つぶしか、まるでサッカー場かのようにあちこちで雄叫びが耳をつんざく。祭り用の衣装は仮装大会のようだ。緑と白と黄の三色旗に模した顔。シャムロックを描いた頬。誰もが自分こそ主人公だと感じているのだろう。アイルランドについたのがちょうどハロウィンの日で、たぶん悪戯な妖精のつもりなのだろう白いマントをまといネギ坊主のような頭をした子供に脅されたのを思いだす。

立ちっぱなしで身動きもままならない状態で待ちつづけた。ロープ内に警官が一定の間隔で配置され、観客たちと対峙している。ユタカの前に立った若い警官は微動だにしない。話しかけられても必要最小限の応答。別の警官はくだけた姿勢でしゃべっている。この違いは何だろう。パレードに参加する人たちか、奇抜な衣装で移動していく。燕尾服でラッパを吹きながらいく人もいる。行進の時間が迫るほどに観客の期待も高まっていき、催促のブーイングがとどろく。

いよいよパレードが始まった。オープンの馬車がとおる。ユタカには分らないが誰もが知っている人らしい。つぎの馬車の人をダブリン市長だと男女がいいあう。軍服のような衣装の胸に勲章をたくさん飾った人もいた。それからみんなが待っていたパレードの核心となる。それぞれの州が競うのだ。自分の州がやってくると身をのりだして応援する。金色の衣装に天使の羽をつけた足の長い男たちがなぜかホルンのような物を斜めに抱いている。ユタカには意味が分らない。風車のように五本の旗を背に負った一団は白い衣装で、太鼓にあわせてリズムをとっている。倍のサイズの張り子をかぶった行列は数えきれないほどにいる妖精たちかもしれない。そうかと思うとブラジルのサンバのつもりか裸に羽根飾りの女たちが車の上で腰を振っている組もある。えんえんとつづくのだった。

帰りのバスの時間が近づき、ユタカは人ごみを抜けてバス・ステーションへむかった。

祝いもパレードもダブリンだけでおこなわれるのではないらしい。途中の小さな町でもやっていた。前の席の乗客に聞くと、国中の町でおこなわれるという。国内ばかりでない、外国でもアイルランド系の住民たちは祝っている。それがセント・パトリックス・デーなのだ。

夕暮れにレタケニーについた。メインストリートにはパレードの余韻が残っていた。ここでも緑の帽子やバッジが目についた。頬にアイルランド国旗を描いた子供たちがキャンデーをなめていた。

ティムとジュリアはぐずぐずと結論を出せないままに、日はすぎていくようだ。いつまでこの先の見えない状況がつづくのだろう。長すぎた関係になりつつある、ますます険しくなっていくのだろうか。ある日またプールでティムと一緒になった。元気と声をかけても、うつむき加減に頭をさげて、屈託のありそうな暗い眼差しで見あげるだけ、話をする気分ではなさそうだ。女というのは分らないといいだして、女に飢えたら俺にいえと豪語した面影はない。

「豪放なラガーマンが、今は大きいだけの猫みたい、酒気のないきみはひ弱な青年だね」とあまりにも深刻そうな彼にユタカは冗談まじりにはげますつもりだった。

「何とでもいえよ」とティムは相手になろうとしない。

「ジュリアと、どう?」

「最悪だ、ずっと会ってない」

「一番大切なことは、貫こうとする気持だろ」

「分っている、でも打つ手がない」

「弱気になるなよ。失恋して異国にさすらう僕としては、後悔してほしくないんだ」

ふんとティムは鼻を鳴らした。

ぎりぎり猶予はないと思って受けた面接は手応えがあった。典子にも大丈夫そうだと報告した。結果は不採用だった。典子との約束の場所にいくのがつらく、できれば会わずにいたかった。しかし弱さを晒すようで許せない、六本木のバーへ重い気分のままに出かけていった。典子は先にきていた、そばかすのある赤毛の青年とカウンター席で話していた。待ちあわせの場所が悪かった、と咄嗟に思っていた。典子は他の場所なら誰か知らない男と話しながら待つようなことはしない。声をかけた。典子は振りむき、ユタカ、と明るくいう。出よう、と手をとって引いた。よろけて立ち、すがりつくようにして典子は体勢を立て直す。なぜという声を無視してドアにむかった。

八月末の蒸し暑い六本木、肌に触れる風も生ぬるく気色悪かった。じっとりとユタカは汗をかいていた。典子の手の冷たさをユタカの手が感じている。それはまた乾いた手と汗の滲んだ手でもあった。

「ユタカ、おかしい、何をそんなに苛立ってるの」バランスを崩したままの急ぎ足で典子はいった。

気づいてユタカは足をゆるめた。しかし無言で歩きつづける。典子からは話しかけない。いつまでも待つつもりなのだ。ユタカは休もうとはしなかった。赤坂まできてしまいやっとビルのなかの喫茶店にはいった。

気がかりそうに典子はユタカを見守る。

「あなたらしくない」典子はおずおずといった。「何があったの」

「だめだった」

助け船のように注文したコーヒーが運ばれた。砂糖をいれ、かきまわし、ミルクを注いだ。彼女も同じことをした。そんなの時間稼ぎにはならない。また沈黙に落ちるだけ。

「今度は採用されると信じていた」ぽつりと、ユタカはいった。

しばらくして典子が答えた、「いつだってあなたは一所懸命。……一所懸命すぎて、ときに空回り」

要領よく振舞えと友達にいわれもした。無器用にそれができない。見えるのは結果だけ、ただの一所懸命は始末に悪い。

「ごめん、今日はこれで帰る」

典子はユタカを見つめる。それからうなずいた。

「送るね」立ちながらユタカはいった。

「ううん、いい、寄るところがあるから」

あの夜の典子はユタカ以上に、ユタカを見ていたのかもしれない。彼も気づいていなかった彼を……。

あるいはジュリアも見てしまった、ティム自身が気づいてないティムの心を。一緒になるか、別れるか。決めるのはジュリア、ティムではない。


水着やタオルをバッグにいれながら気分が重かった。先にビザの更新に警察署へいかなければならない。イギリスでは半年のビザがもらえたのに、肝心のアイルランドでは三か月しかもらえず、延長は一か月ずつですでに二回延長している。いくたびに何をしていると聞かれ、何もしていないと答えた。働いているわけではない、学校にかよっているわけでもない、滞在の理由がないではないか。

海坊主のような巨漢の係官が、執拗にユタカを査問するのだ。鋭い目で睨まれ、責められる。もうユタカにはいいようがない。知った人のない異国にたった一人でいたい、暗い灰色の空に憧れた、そんな言をくりかえしても、それでは納得してもらえない。何かを疑われているのか、それは何か、見当もつかず、睨まれたままユタカは言葉を失って沈黙し、係官も黙りこむ。

テロ？　北アイルランドに隣接するから？　そんなこと関係ないだろう。過去の話だ。いくら考えをめぐらせても分からないものは分からない。たがいに相手を待ち、根競べだった。

いたたまれなくなったのはユタカだった。日本に帰ります。そうか、と係官はすぐに反応した。こわばっていた表情がゆるみ、口元に笑みさえ浮かぶ。いつ出国するかをたずねられた。破れかぶれに、五月十五日と半月多めに答えると、文句はなかった。三十日といってもよかったのかもしれない。騙したような騙されたようないやな気分で警察署を出ると、雨が降っていた。いまいましくて、アトランティックウエザーさといいすてた。それなのになぜかほっとしていた。

更衣室で着替え、プールに出たが少し早めで、学生たちはまだ水のなかで戯れあっていた。どうしてもユタカの目には授業とはうつらない。教師が泳ぎ方をおしえるわけではない。そもそも水着姿を見たことがない。時間がくるまでほうっておいて、あがれというだけ。ぐずぐずしていた学生が叱られた。逆らうわけでもなくしおれるわけでもなく学生は更衣室へむかう。ユタカとすれちがうとき、てれかくしか首を傾げた。ユタカも笑って首を傾げる。親しみのようなものが交差して、ふとユタカはこの半年近く、自分がたのしんでいたこと、それを失うことを思った。

泳ぎながら、残りの日々にすることを頭に浮かべていた。飛行機の予約、ロンドンまでのバスのチケット購入、それから……。旅行をしなくては。せっかくアイルランドまできてどこも見ないのはもったいない。だいたい旅行が好きじゃないからな……。とりとめなく考えても、とりとめなくそれは消えていく。そしてまた浮かんでくる。くそったれのオフィサーめと思ったら、柔らかいものにぶつかった。太ったお婆さんの尻だった。立ちあがり謝るユタカに、彼女はにこっとあでやかに笑った。

ジュリアが待っていて、一緒に食事をした。デリーにいきたいと漠然とした気持を口にすると、ジュリアはのって、土曜日にいこうと一人で決めてしまった。彼女は買い物がしたいそうだ。レタケニーの人たちは地元で気にいったものが見つからないとき、デリーまでいくのだった。ティムが気になったが、二人の間がどうなっているのか分らずにいいだせなかった。

デリーまでいけばポートラッシュまでいきたい、ポートラッシュまでいけばジャイアンツ・コーズウェイまでいきたい。しかしジュリアと一緒ではそうはいかない。十時半にバス・ステーションで落ちあうことになった。

前日の金曜日、いつものとおりレジャーセンターで泳いで帰ると、和田からの手紙が配達されていた。知らせが二つあると彼は書いていた。まず始めは俺に子供ができる、男の子でよかった、女の子で由香ちゃんに似ていたら俺の身がもたない、それでとりあえず結婚届だけ出すことにした。つぎも結婚の知らせ、由香ちゃんは黙っていたほうがいいというけど報告しておく、典子さんが結婚したそうだ、知っておまえはつらいだろうが、俺は早く吹っ切れてほしいんだ、いつまでアイルランドにいるつもりか知らないがそろそろ帰ってこいよ、立ち直ったろう、もしまだならそれはいつまでいても立ち直れないということだ、いずれにしても日本に帰って再出発してほしい。灰色の空も、羊の放牧された丘の起伏も、メインストリートも、銀行の女の子との清らかな昼飯も堪能したろう。そっちで生きるというなら別だが、そういうことではないんだろう。

引きずってなどいるもんか、勝手に想像しやがって……。強がってみても胸はどきんどきんと打っていた。

夕食後しばらくして、ふらりと外へ出た。星が出ていた。夏を待たなくてもこれからは晴れた空がふえていく。気候も変りめだった。しかし夏までいられない。節約したつもりだが、金もまた残り少なになってしまった。何もかもが日本へ帰れといいだしていた。

クライアンズは相変らずこみ、ざわめいていた。Tシャツにジーパンの若者が忙しそうにラガーやギネスをジョッキに注いでいる。ユタカと目があって首を傾げるので、ラガーをたのんだ。一人というのはいいものだ、誰にも気持をぶつけないですむ。めずらしくたてつづけにジョッキ五杯も飲んでしまった。気分が悪くなって店を出、歩きながら我慢できなくなり、嘔吐してしまった。

夜中に何回も目覚め、明け方に深い眠りに落ちたらしい、起きたら十時に近かった。慌ててシャワーを浴び、身支度をした。バス・ステーションではジュリアが待っていて、すぐにバスもきた。間にあったと席について思わずもらすと、どうしたのとジュリアがたずねる。

「寝過ごした」

「あなたでもそんなことがあるのね」

あるさ、とつぶやいた。

「印象が変ったみたい」理由を探るかのようにじっくりとジュリアは顔をのぞく。

面映くなり、手のひらで頬をなでた。「髭を剃るの忘れた、おかしい？」

「素敵、男という感じ」

つるつるの肌では、少年のようだとジュリアはいった。レジャーセンターでシャワーを浴びがてらいつも髭をあたって、ジュリアと会うときは剃りたてだった。僕を少年と見ていたのだろうかと、ユタカは複雑な気分におちいった。

「朝食は？」

「何も食べてない、昨日クライアンズで飲みすぎて、いずれにしても食欲ない」

「あなたらしくない、飲みすぎるなんて」

「きみはいったろう男はみんな酒飲みのろくでなしだって」

「それはこの国の男のことよ、それに私がいうんじゃないわ」

バスは走る、ドネゴール、ダブリン、デリーと道の分れるラウンドアバウトをデリーへ方角をとり、少しいくと左手に水の広がりが見えてきた。湖か川か、ユタカは一瞬そう思ったが、スウィリー湾とジュリアがおしえてくれる。深い入江なのだ。心なし水面が輝いている。今日は晴天だろうか。曇天だろうか。いずれにしてもアトランティックウエザーだろうが、それでも冬の空とは明るさが違う。

国境にどんな標しがあるのか興味があった。しかし何も気づかずに一時間ほどでフォイル川沿いのバス・ステーションについてしまった。

ユタカに計画も予定もない、ジュリアについていくだけ。ここも坂の町だった。ジュリアは急坂をものともしない。石造りの城壁が聳えていた。上がるとデリーの町が眼下に広がっていた。フォイル川と整然と並んだ屋根、通りが少しもやっていた。レタケニーよりはるかに大きな町だ。ジュリアがバッグからスティルウォーターをとりだしてユタカにわたす。自分のぶんもとりだして飲んだ。

「どう、気分は」ふたたび歩きだしながらジュリアが聞く。

「少し回復した」

「レタケニーの男になるつもり？」

「ろくでなし？」

ふふっとジュリアは含み笑いをする。

「何でそんなに飲んだの」

「……友達から手紙がきた、動揺ってやつかな、落ちつかなくて」

「そう」

「結婚の知らせさ」

「素敵じゃない」

「元恋人のね」

「そう……、忘れられないの？」

「忘れはしないけど、僕のなかで決着はついた」

それでも揺れる。

「いったと思うけど僕は壊れかけていた。こっちにきてからそのことを思い知った」

失職し、再就職に焦っていたときに、追い討ちをかけるような別れを告げられた。受注に失敗したあげくの解雇と失恋とに傷ついたけれど、それらがなかったら気づかずに突っ走っていただろう。そうして引きかえすことも不可能になったろう。

「くだりのエスカレーターにのって懸命に走ってのぼる、そうしないととどまれない、ちょっとでもスピードを緩めたらおいていかれる、分るかな、そんな気分」

「分らないわ」

「考えるんだ、日本に帰ったら、今度はゆっくり生きようと」

残業が多かった。典子と会う約束に重なって断りをいれることも何度もあった。文句はなかった。仕方ないわね、お仕事だものというだけだった。ユタカもそれが当然と思っていた。本音はどうだったのだろう。彼女も不満だったのかもしれない。仕事をほうりだして典子を優先させてもいいと、今なら思える。でも、日本に帰ってまた会社勤めをしたなら、もとの自分にもどり、あくせくと一所懸命働くだろう。そうはならないという自信はない。

ユタカは網の上に煎餅の生地をならべる父親を思い浮かべた。小止みなく手を動かしてはいてもその姿は無心で悠然としていた。無意識に両親を見下していたのが恥ずかしい。

好感触を抱いていた会社から不採用の通知を受けた日以来、久しぶりに典子がやってきた。手には食材を買いこんだポリエチレンの袋がさげられていた。

「何だか痩せたみたい」が最初の言葉だった。

「毎日歩いてるからね、執念で探す」とユタカは答えた。

かすかに典子の唇が動き、「そう」と小さく聞こえた。「ご両親とも相談したの?」

「いいや相談にはならない、煎餅焼かないかくらいさ、いえるのは」

「早めだけれどつくるね」と典子はキッチンに立った。

手もちぶさたのユタカも並んで立ち、眺め、手伝った。狭いキッチンの共同作業はたのしみだった。庖丁使いなどユタカのほうが上手だった。玉葱を時間をかけていたため、セロリやキャベツ、人参、ポテト、マッシュルームも加えて煮込み、さらにアスパラガスを加えた。辛くて甘いカレー。味つけは典子がして、どうかしらと味見させる。おいしいとユタカは答えた。野菜たっぷりのカレー。さらにしばらくの煮込みを待ちながらビールを一缶あけて、分けあった。いつもと変らぬ一刻だったのに。

おいしいねといいあい、食事がすみ、二人して後片付けもして、コーヒーをいれてくつろいだ。

「私、帰る」突然典子がいった。

「え、もう?」がっかりして、それは声にもあらわれたようだった。

恨めしげに、典子はユタカを見た。その眼差しにユタカは不安を抱き、黙って待った。

「私、これ以上あなたといられない、終りにしたいの」

何いったんだろう、典子は。何も考えられなかった。

「知りあって六年よ、ユタカはいつか結婚しようというだけで、具体的には何もいってはくれなかった。私心細いの、好きだというだけでは一緒にやっていけない、あなたが失業したからではない、ずっと前から感じていた。親からもいわれたわ、おまえは自分で道を切りひらくタイプの女ではない、そうは育ててこなかった、夫を支えながらついていく、家を守り子を育てる、そういう女だ。つまり夫しだい、自分でもそう思う、平凡な女だもの。ユタカとそれができたらいいと願っていた、でも時を逸してしまった、結婚をすすめられているの、受けるかどうかは分らないけれど、このままではいられないの」

一気にいって、うつむいてしまった典子。説得しなければと焦りながら、ユタカは何もいえなかった。

「何かいって、怒らないの？」

「もう少し……」出ない声を振りしぼった。「待ってくれないか」

「もう少しってどのくらい、これ以上両親に逆らえない」

「きみのことだろう」

「ええ、私が私を納得させられないの、今では」

典子の頬を涙が伝って落ちた。その一瞬、典子が心から愛してくれていたことも、別れを決意したことも、悟ったのだった。

いつもそうだった、遠慮とか気遣いとかが先をいき、相手の、さらに自分の、本音さえ見なくなっていた。だから追詰められずに、六年もつづいた。

いったん弾けたら、それは終りを意味していた。

ジュリアは黙って聞いていた。

「仕事にかこつけて恋人をおろそかにしていた、喧嘩をしたこともなかった、愛しあい分りあっていると信じていた」

「あるわ、中途半端なところをさまよって終る恋って」とジュリアはいった。

親の意向があったにしてもけっきょくは典子が自分でえらんだ。ユタカが失職して、親たちの言にしたがうことにした。環境がはぐくんだしたたかさ、ちゃんとそれをもっていた。

いつの間にか城壁の下には芝原が広がっていた。そこを犬を連れた男が歩いていた。犬は走りまわり、男から遠ざかる、そうかと思うと飛ぶようにして男の元へもどる。リードから解き放たれて思うがままだった。飼い主の男はただゆったりとすすむ。あるいは相手にしてもらえないで犬は焦れているのかもしれない。後ろ足は立てたまま前足を先へ伸ばし、頭を低めて背を反らし、今にも飛掛かりそうだ。しかし飼い主は無視しつづける。

アップダウンを繰りかえしながら城壁はつづき、昔はイギリス軍との戦いで武装した市民が歩哨のためにいきつもどりつした石畳を人々が散策する。聖コラムズ大聖堂が見えた。城壁のなかも広かった。

ジュリアがモバイルフォンをとりだした。少し離れ話をする。顔をしかめた。ユタカは街並みに目をそらせる。しばらくして、ごめんなさいとジュリアが声をかけてくる。暮らしを便利にするという器機が好きでない、追いかけられるから、便利には背中合わせに不便がある。もたないですむあなたがうらやましい。日本に帰ったらこのまま走る必要のない暮らしをしたいとユタカはまた思う。

二人はベンチに腰掛けた。春の日は明るく暖かい。暗い空は素敵だけれど輝く空もいいと、春に馴染むにつれてユタカは見直している。しかし一と月したら帰らなければならない。残念なようなうれしいような複雑さで、その日を思う。不動産屋に告げなくてはならない、親にもいってない、誰も知らない。ユタカのなかでまだきりがつかない。

ジュリアとティムの恋の行方が気になった。レタケニーでユタカがもっとも親しんだ二人だった。典子と自分に重ねていた。スウィリー川の堤にキャンピングカーを置いて暮らしている一家がいる。つい先日ユタカが散歩をしていたら、母親らしい女性が女の子を椅子に坐らせ、髪を切っていた。彼らは社会に馴染もうとはしない。かたくなに拒んでいると聞く。彼らにしてみれば逆なのだろう。しかし少しずつ変化してもいる。私がバンク・オブ・アイルランドに勤めているのよ、とジュリアはいっていた。それでもまだ飛越えられない溝が横たわる。ティムとジュリアの間にも。

「ティムのことなんだけど」とユタカはいった。「レタケニーで一緒になることはなぜできないんだい」とむしかえした。

「彼の親兄弟がいるわ、親戚も多いわ」

「きみはこだわりすぎてるんじゃないのかな？　ティムは町を離れて暮らすことも厭わないといってるんだろう」

「いったわ、でも、いつか帰れる日もあると、そうもいった、彼にはその程度のことなの」

彼の愛はその程度、といっているようだった。

「ティムは心底きみを愛しているんだよ」

「分っている。……でも故郷に未練があったら、私たちは決してうまくいかないのよ」

ユタカは一瞬、悲しい民族だと思い、心臓がきゅっとちぢんで凍ったような鋭い痛みを覚えたのだった。

あるときティムはいった。ジュリアが俺を忘れられるはずがないんだ、俺の味があいつの舌に染みついてしまった、誰かを口にしてしばらくはその味が口中に広がっても、やがてそれは消えて俺の味が残る、そのたびに俺がいないことへの物足りなさを感じるのさ。

「分っている、私はいつか一人でレタケニーを去るでしょう、母がしたように」

北の町まで流れてきて、ジュリアを育てた母親。

「決めたことなの？」

「ええ」きっぱりとしていた。「私はティムといる自分が好きになりたかった。彼の血の一滴になりたいと願った日もあったのよ、満ちたりて穏やかで、これ以上望むものはないという自分に」

聞きながら、互いに半信半疑だったとジュリアがいっていたのを思いだした。

「ティムも私といて苛立っていたわ。ジュリアだけを見ていたいのに他のものも見えてしまうといって」

立ちどまり、景色を眺め、ベンチで話しこみ二時間以上かかったけれど、歩くことに馴れたユタカには城壁を一周するのは簡単だった。ジュリアも疲れた様子は見せない。むしろ興奮気味だった。

ジュリアの話を聞くことが別れをけしかけるようで、後ろめたい気分がユタカのなかには常にあった。話すことでジュリアは心をかためていく。こんなことを話せる人がジュリアにはいない。ユタカだって心を許せる相手とは違う。たまたまクロスした無縁の人でしかない。だからかえって話せるとジュリアもティムも同じことをいっていた。

きみたちの民族はヨーロッパ中に広がっているでしょう、流浪の民といわれて、その土地土地でなぜ拒みあうの、と聞きたかった。ヨーロッパのどこかの町ではいまだに彼らが町にはいることを認めないという。しかしそれは口にはできなかった。説明されても本当には理解できないだろう。民族が違うというだけで、宗教が違うというだけで必然のように反発しあう、それが人間の性、その程度の納得の仕方でお茶を濁すしかないのだろうか。

「そんなに相容れないものなのかな」遠慮がちにユタカは口にしてしまった。

「分らないでしょうね、あなたが当事者にならないかぎり」

拒まれた人々、ユダヤ人しかり、アルメニア人しかり。ユタカもレタケニーに定住したら、拒まれる。そういっているようだった。

結婚式にいきあわせた。祭壇の前に導かれ、誓いあう二人。いきましょうとジュリアはユタカの手を引っぱって教会を出た。

「先のことは分らないのだから誓いなんて立てないほうがいいのに」と、ジュリアは皮肉っぽくいう。

意外な言葉に一瞬とまどった。それでも誓いたいものだろう、とためらいながら返したが返事はなかった。

食事をとり、城壁内を散策して後、大きなショッピングセンターにはいった。婦人服の店でジュリアはユタカがいることなど忘れたかのようにじっくりと見て歩く。試着しては思いだしたようにユタカにも感想を求める。茶とグレーの細かい斜め縞模様のスカートをはき鏡の前でくるりと回って全体のシルエットを確かめると、裾がチューリップの花の形に少しひらいた。スカートもはくんだと思ってユタカは眺めていた。そのあげくえらんだのはどこにでもあるような桜色のブラウスと紺色のパンツスーツだった。職場で着るのだそうだ。うれしげに品物を受けとった。そういう姿は恋に悩む成熟したジュリアも女の子だと思わせた。

ショッピングセンターにはいってから合計すると三回下りエスカレーターばかりに乗った。また下りに乗って、そのままジュリアについていくと車の行き来する広い道に面したエントランスがあり、一瞬騙された気がした。坂に建てられた建物だった。

帰りのバスのなか、さすがに疲れたのかジュリアはぐったりとユタカの肩にもたれてらくな姿勢をとっていた。

朝とは違った色合いのスウィリー湾が視野にはいってきた。眺めようとしたユタカの肩が少し動き、眠っていると思ったジュリアが姿勢をなおす。

「ごめん、起こしちゃった」

「そろそろつくわね」とジュリアも水の広がりを目にしていう。「疲れたわ」

「一日歩いたから」

「あなたのにおいがする、初めてかぐわ」

ジュリアにすれば何気ない言葉かもしれない、しかしユタカの胸にとどろいた。長い時間を一緒にいたことはなかった。レジャーセンターからの帰りに会い食事をともにしただけだった。あらためてそう振りかえった。

ユタカの動揺にも気づかず、ジュリアはふたたびまどろんだようだ。体の重みが伝わってきて不意に帰国が意識の表に浮かびでて、このまま別れるのはつらいなとユタカは胸のうちでつぶやいた。

翌日の日曜日、レジャーセンターでティムと一緒になった。彼は相変らず前を見ないでめちゃくちゃに泳ぐ。あれでは人にぶつかるのも当然だとユタカはその泳ぎぶりを眺めた。立ちあがりユタカを見つけて首を傾げる。泳がないのと彼が聞いた。人が多くて泳ぎづらい。日曜だからね。そういってまた泳ぎだす。ユタカも後を追った。それからジャグジーにつかった。

「夢なんだけどさ、ジュリアがいうんだ、私たち小学生のころから一緒だった、愛し合ってた、でもいつまでも一緒というわけにはいかないわって……、ほんとあいつ悲しげだった」

ティムの心がそんな夢を見せたのだとユタカは思った。それって裏切りではないか、きみは卑怯だといってやりたかった。ティムは安堵するだろう。

ユタカは目をこらす。「今まで気づかなかったけど、よく見るとハンサムなんだね、睫毛が長くて」

ティムは恥ずかしげに笑う。

「それに健康的」とユタカは追い討ちをかける。

慰めるつもりだったのに。よけいなお世話だった。もうジュリアは話題にならなかった。

帰国することを告げないままにユタカは南へ旅に出た。イエーツのスライゴーへいき、さらにゴールウェイまでいって町を歩いた。ツアーバスでコネマラ地方を回り、それからアラン諸島のイニシュモア島へ。そのころにはこの島の暮らしをテレビで見たと見当はついていた。しかしこだと閃く場所はなかった。もう時代が違うのだろうか。こつこつと石を積み上げて囲いを築き、海草を腐らせて土をつくり、その乏しい土でポテトを栽培する。死と背中合わせの海へ漁に出る。そんな生きるということにむきあった精一杯の光景はどうなったのだろう。確かに石垣はあるけれど。

それからリムリック。部屋で読んだアンジェラズ・アッシュの舞台となった町。キラーニーに腰をすえてティングル半島やケリー周遊路をまわった。B&Bで故郷に手紙を書いた。

一年いるつもりでしたが、ビザの延長ができず、金も乏しくなったので帰ることにします。アイルランドでいろいろ考えました。自分はこれからどうすべきかを。僕はもう東京にはもどりません。一緒に煎餅を焼かせてください。

愛想ない文面だった。ジュリアとティムの恋、二人をとりまく社会、去ってしまった典子、壊れてしまったかもしれない自分、いろんなことが頭のなかで絡まりあっている。絡まりあったままでいい、いつか自然に解けるだろうと思えたのは、その奥に子供のころからずっと見てきた両親の煎餅を焼く姿があるからだった。

レタケニーを去る二日前に旅からもどった。キラーニーからリムリック、リムリックからゴールウェイ、ゴールウェイからスライゴー、スライゴーからレタケニーとバスを乗りつづけ、夜の十時についたときはくたくただった。ああ、帰ってきたんだ、という懐かしい思いがバスを降りたときにわきあがった。ユタカは笑う、何だか自分の町のようではないか。でもそうなのだ、すごしたのがたった半年ではあっても、アイルランドでのユタカの故郷。再出発のために安らぎと落ちつきを与えてくれた町に違いない。春の空には星がまたたいていた。赤みをおびた丸い月も出ていた。毎日のようにかよった丘にも光をそそいでいるだろう。蒼い輝きのなかにたたずむ丘と谷。

翌日銀行があくとすぐに残りのトラヴェラーズチェックを換金した。

ジュリアは恨めしげに、「どこへいってたの、もういないのかと思ったわ」といった。

「南へ旅に出てた、最後だから」

「最後って？」

「日本へ帰る。明日、ここを去る」

「あなたは一年いるといったでしょ」

「ビザが更新できなくて、お金もなくなったし……」

ジュリアは身をのりだして小声になった。「あなたの部屋にいきたい、仕事のあと」

見つめてくる目……。

「待ってる」

心はジュリアでいっぱいだった。しかしそれとは別にやるべきことをこなしていこうという覚めた気持もあった。部屋の整理をしなくてはならない。いらないものは捨て、掃除機をかけ、もちかえるものをトランクに詰める。ティムにもさよならをいいたい。泳ぐ暇はないし病院へいくわけにもいかないと、部屋までの道のりに考えた。

とりあえず掃除を始めた。塵捨て用の黒いポリエチレンの袋に使いかけのものをどんどんいれる。よけいなものなどないはずなのにたった半年の暮らしの滓は多い、たちまち三袋ができた。浴室やキッチンをみがき、それから掃除機をかけた。部屋が広々した。読んだ本を小包にして郵便局から送った。帰ると、ここを去るという思いがこみあげた。紅茶をいれトーストにローズのライムママレードをぬった。もうこれも食べられなくなると思った。食べながら、ティムへ手紙を書いた。それから買い物に出た。

レジャーセンターに寄り受付の女の子に別れの挨拶をし、ティムへの手紙を託した。テスコへいき、夕食の材料を買った。

部屋にもどって時間を確かめるとまた外へ出、いつもの丘をめざした。これが最後という思いだった。くるたびに、そこに立つたびに、このまま消えてしまいたいという思いに駆られた、昔々は墓だったという丘。羊たちがのんびりと草を食む、子羊が親の周りを跳ねている。スウィリー川。エニシダが咲きだし、向かいの丘の斜面が黄色く染まっていた。右手のもっと彼方には空にとけこみそうな色合いで風力発電の塔がならんでいる。

ユタカの口から吐息がもれた。この場所には、魂を揺すぶられる何かが、確かにあった。

夕食の下準備をしてから、ジュリアを迎えにいった。待っていてくれたの？　と仕事が終って出てきたジュリアはよろこぶ。僕の部屋を知らないでしょ、とユタカは答えた。知ってる、ハイバーニヤンアパート11。そういいながらジュリアはユタカの腕に腕を絡ませた。

空っぽね、とジュリアは部屋にはいってつぶやいた。

「よけいなものは全部捨てたから」

缶ラガーをあけた。

「屋根ばかり」とバルコニーのむこうに目をやってジュリアはいう。

肉を焼き、オニオンと醬油をベースにしたたれをかけた。グレイビーよりさっぱりとして牛肉にあっていると、ジュリアは気にいったようだ。オイルサーディンとエシャレット、トマト、レタスのサラダ。胡瓜とクラブの酢の物はジュリアにはサラダだった。そういわれてオリーブオイルをたしてみた。どっちがおいしいかと聞くと、彼女は首を傾げ、それからうなずいた。このほうが味がはっきりするわ。

ジュリアの手がふととまった。あなたは去るのねと、聞こえた。

食事が終り、二人で後片づけを始めた。ジュリアが食器を洗い、それを受けてユタカが拭く。CDがアイルランドの古い歌をうたう、春の日に輝くあなた、たとえ冬がきて色あせても、私はあなたを慕いつづける、と。丘の景色が目に浮かぶ。古い墓の跡、羊が緑の草を食んでいてもその地下には失われた人々がいるという。私たちは地上に、彼らは地下や水の底に暮らすと、協定をむすんだの。それがアイルランドの人々。こんなに鷹揚なのに、とユタカはいう。物語のなかよ、とジュリアは答える。現実はそうはいかないの、それに鷹揚なら、地下になんて追いやらず同じ地上に共存できるはずでしょう。

紅茶をいれることにした。二人ならんで湯沸し器を見つめ、やがて音が立ち、蒸気がのぼり、ぷつんとスイッチが切れる。マグに湯をそそぐ。ミルクと砂糖。それぞれ手にとってソファーに落ちついた。

思いついて残っていた煎餅を口にしてもらった。

「おいしい、ふしぎな香りが口のなかに広がる」とジュリアはいった。

「日本に帰ったら、僕はそれをずっと焼いていくんだ」

すべて手作業というユタカの説明を、私も焼いてみたいとジュリアは興味深げに聞いていた。

ふとジュリアは立ちあがり窓ガラスをのぞくようにした。ユタカもならんで立った。闇のなかで家々の窓に灯りがともっている。それぞれの人生がそこにはあるのよねと彼女はいった。今この瞬間にも貧困、愛、病、誕生などと、仕合わせや不仕合せが窓それぞれにある、そこにあるものは違っても優劣はつけられない。ジュリアの人生観としてユタカは聞いた。

腕が触れあい、ジュリアの掌がユタカの腿に落ちた。肩を抱くと、ジュリアの頭がかたむく。ユタカ、とジュリアが囁いた。

「お昼時、私はいつもあなたを待っていたわ」ベッドでジュリアはいった。

レジャーセンターからの帰り、たまたま時間があうのだとユタカは思っていた。

「ティムとの別れが始まった今、なぜあなたはあらわれたの」

「……」

「私は今もティムが好きよ」

ジュリアは泣いた。

「抑えきれないくらい激しい感情も、私にはあるのよ」

キスを重ね、抱きしめるユタカの腕に力がこもった。

「素直になろう、心のままに……」

たがいの服をはぎとり、さらに密着する。細身の印象を与えるジュリアは、肉付き豊かでしまってかたい。でも乳房は別だった。やわらかく弾む。声にならない声がジュリアの口からもれ、爪がユタカの背に食込んだ。

あらたな熱がわきかけて用意のためにユタカが体を離そうとすると、ジュリアは拒み、そのまま導いた。

夜の蒼い光が窓からのぞいていた。

力のぬけたユタカの体を受けとめるジュリア。手のひらが穏やかに彼の背で憩う。

ふと窓が小さな音を立て、ユタカは耳をすます。風が吹きだしていた。強まるのだろうか。雲を運び、やがて驟雨がくるかもしれない。

「アトランティックウエザーはこの国の人を強くする、そうして優しくも……」ユタカは自説をジュリアにつぶやく。それはアイルランドに対する思いを一つにまとめた言葉だった。

「あなたの目にはそうなのね」とジュリアはまどろむように答えた。

心地よい疲れのなかで、二人は裸身のまま横たわっている。ユタカの腕枕に抱かれ、ジュリアの手はユタカの胸にそえられている。足先まで触れあって、言葉にならない気持がかよいあう。

風の音が誘う、惑星としての地球が宇宙をめぐる航行音のようだ。さまざまな人の思いを絡ませたまま、巨大な球体は回転している。人生という旅をしているふしぎな感覚が、ユタカの魂を包んでいた。

「日本では夜空の星は、どんなふうに見えるの？」

「……、星の方角や高さは、かなり違うのかな」

「瞬き方や数はどう？」

「それは似ている、僕の故郷は田舎だから静かな夜にはたまに天の川が見える」

ジュリアは何もいわず、ユタカの胸に頬をこすりつける。

「私、授かったわ」

「えっ」戸惑い、それから気づいて、ユタカはその言葉をかみしめた。

「女の子……」私だけの、と確認するかのようにジュリアはいうのだった。

「この町を出ていくの？　一人で、育てていくの？　前からいっていたね。でも、どうして自分だけの子供にこだわるの」

「母さんと同じ理由よ」

「どうしてお母さんは父親のいない子をもったの？」

「叶わなかった希望のためよ。託された私も、絶やしたくない」

いつか差別のない社会がくる日まで……。

子供がいれば希望はつづく。子供が希望をつないでくれる。母親の希望がジュリアに受け継がれ、さらに子供に伝わる、そうやってジュリアたちはつづいてきた。希望はいつか、実現する。来年は新しい世紀になる、その世紀中には実現するかどうか分らなくても。

「いつかじゃない、今だ、実現させるのは」

ジュリアは不安げに目を泳がせる。「何をいいたいの？」

旅の伴侶がこの女性であってほしいという願いが、ユタカの心に激しくわきあがっていた。

「ジュリア、今はっきりいえる、初めて銀行で出会ったときからきみに引かれていた、一緒に暮らしたい、きみに日本にきてほしい」

ジュリアは沈黙する。

「この国で仕事を探すのは僕にはむずかしい、それに……」

「それに？」

「きみの状況を変えるには思い切って日本にきたほうがいい、日本でならこの国のような偏見はない」

ジュリアは首を振る。「あなたを好き、けれど私はこの国で母さんと同じ道をいくの」

窓からの光を受けたジュリアの顔、鋭い鑿で刻まれた彫刻のようだ。決意をあらたにするジュリア、妖精物語の主人公のようなジュリア。

「きみが父親の無い淋しさを知らないはずはない、同じ淋しさを味わわせようというの、父親を消すのは不自然だと思わない？」

「日本には日本の偏見があるでしょう、私には分る、逃げてもだめ」

「違う、生きる場所を選ぶんだ、父親は僕だ、子供をもつ喜びを与えてほしい、僕は今感じているこれが僕たちの流れだと……」

きみを守る、どんな困難が待ち受けていても、僕が守る、きみと生まれてくる子を。ジュリアにも僕自身にも他に選択肢はない、運命なのだ。燃えあがる心でそう信じた。

「風にのっていこう、希望を実現させよう」ユタカはありったけの言葉で説く。いやいやをするように首を振り、ジュリアは涙をこぼしながら聞いていた。

荒地

吐息をもらし、見つからない答を求めるかのようにクレアは視線をさまよわせた。

「コリンの目にあふれていたものを何度も何度も考えたけれど、考えるほどに分らなくなったの……」

声が小さくなった。意味をとりかねて、オサムはさらに前かがみになる。

「教会や世間にくもらされた目で受けとめていたのかもしれない……、だけどコリンだって避けたわ、ということは……、分るでしょ」

オサムは何もいわず、ただうなずいた。

うつむき、クレアは涙ぐむ。

荒れすさぶ自然、傷つきながらも静かに生きる人々。神話がそのまま今につづいているような、アイルランドの北の果て。

フロアランプの灯された部屋、橙色の光がゆるやかにてらす。赤いドレスがクレアをつつんでいる。ほんのわずか黒をまぜた赤はワインレッドよりもくすんでいる。

オサムを夕食に招いて、そのためにわざわざ着替えたのだ。光のせいか服地の色合いのせいか、いつもより肌が白い。

オサムはじっと見つめるばかりだ。この人は負けない、ずっと堪え、戦ってきたのだもの。

「とうとうすべてを曝してしまった……」

クレアは語り終えた。溜息と沈黙が残った。


十時に近づきバーはこんできた。オサムはきりあげることにする。ちょうど近くの椅子から女が立ちあがったところだった。

心もち背を丸めて女はメインストリートをあがっていく。オサムも同じ道筋をいく。その距離はつまりもしなければはなれもしない。

アパートが近づいたとき、女は突然街灯の下で振りむき、

「なぜつけてくるの」となじるように聞いた。

オサムは首を振り、家に帰るのだと答える。女は彼の目をのぞきこんだ。

女はオサムを先にいかせた。オサムはアパートまでくると左に曲がり、エントランスドアの前に立つ。女を振りかえった。ここなの？　とポケットから鍵を探りだすオサムに女が聞いた。

同じアパートに住んでいた。それも同じ階の隣同士だった。女が胸に手をあてて頰笑むとオサムも気を許し、お茶を飲んでいきませんかとつい誘う。何時と思ってるのと一喝し、女は部屋にはいってしまった。

オサムはシャワーを浴びた、冷たいミルクを飲みベッドにもぐりこんだ。

笑い声があがった。こだまのように別の笑い声もする。下の住人が帰ってきた、酔った男と女の声。わざとのように階段を蹴る音ものぼってくるが途中で消えた。

ここでは夜の娯楽はバーとベッドしかない。バーからベッドへたのしみはつづくのだろう。深い眠りの待つ一人のベッドもたのしいとは、彼らは気づかない。

オサムは漠然と物思いのなかにいる。故郷の風景が流れていたが、眠りに落ちて、すべてが消えていく。夜の静けさも断ちきられる。

しかし蒼い夜はつづく。寝そびれた人が深夜の町を歩いている。生垣のふちをキツネが目を光らせて獲物を探してまわる。聖エナンの塔でネズミが徘徊する。そんなレタケニーの町をおおう天蓋、雲の切れ間から月がのぞく。地球も広い宇宙に浮かぶ一つの星なのだ。


翌朝七時に起きだした。ロンドンでいつもこの時間に起きていた。朝食をとり、服装をととのえ、フィンチリー・ロード駅から地下鉄にのり、オックスフォード駅で乗り換えバンク駅で降りる。オフィスではまず郵便物のチェックをする。月曜から金曜まで毎日決まっていた。

しかし今は時間を気にする必要もない。ゆっくりとポリッジを煮、紅茶をいれ、パンをトーストした。

読書に身がはいらずオサムは散歩に出ることにする。

ドアをしめて隣のドアに目をやっても、そこは静かでひらく気配はない。女はなかにいるのかもう出かけたのか分からない。建物は隣の部屋の何も、かすかな物音さえ、伝えない。ふしぎなことに踊り場と階段からの物音は届くけれど。

外はすでに昼の光に満ちていた。人々もたくさん往来している。紺色のセーターにズボンという制服を身につけたポストマンがカーキ色のだぶだぶした大きな袋を斜に掛けて郵便物を配達している、すれ違う男と首を傾げあい親しみがいきかう。メインストリートをくだっていった。デューンズストアが左手に見え、そこへむかう道と交差する角で高校生らしい数人が石垣にのんびり腰をおろしてスナック菓子を食べている。昼休みでもないこの中途半端な時間に何が目的なのだろう。とおりすぎようとすると一人が親しげに首を傾げ、反射的にオサムも首を傾げる。こんな小さなこともイギリスとは違う。男の子はスィーユーと手を振るのだった。

メインストリートは終っている、しかし名は変ってもその道は一筋延びている。左手は緩やかな坂になっていてその底をスウィリー川が蛇行している。堤らしいものはなくそこかしこに羊がいて、牧草地内の小さな流れのようだ。空は青く、冬の灰色の雲はもうない。姿を見せない鳥たちの弾むようなさえずりがどこからともなく聞こえてくる。彼らも冬の閉塞感からときはなたれて心躍らせているのだろう。

やがて左側の下方にラグビー場が見えてくる、そこを右に曲がって坂をのぼっていくと牧草地が広がっていて、羊たちがはなたれている。そぞろ歩き、草を食む。きたばかりのころは冬の最中に生まれ大人たちの周りでむやみに動きまわっていた子羊たちも、大きくなり、そのはしゃぎようはもうなく、子羊なりに落ちついている。大昔は墓地だった場所。妖精の住処らしいサンザシの木が一本そびえて影を落とす。風の強いこの地方の木はしなやかに強い。今その風は穏やかで、枝がかすかに揺れるのみだ。微風に姿はなく、ただオサムや羊たちをかすめていく。牧草地、羊たち、一本のサンザシ、その風景にオサムもいる、それがなぜか突然奇跡に感じられ、この一瞬がとてつもなく貴重に思えてくる。

青いなかを一筋の白い線がのびていく。飛行機雲だった。方角からしてノルウェーかスウェーデンを目指しているのだろう。飛行機雲がどのようにして生まれるのか、エンジンが吐きだしたガスなのか、ふしぎになり、灰色の空の好きなオサムだが青い空も悪くないと思う。

道の脇の切り株にいつの間にか腰をおろしていた。気がむいたらどこかのベンチで読もうともってきたペイパーバックをとりだした。

しかし手にしたままページもひらかず、周囲を見ていた。牧草地には生垣も石垣もなくかわりに鉄線が張り巡らされているだけ、それで羊たちがよく見られるのだった。赤茶けて荒れた草に覆われていた地面には青葉が芽吹いていた。やわらかく味もいいに違いない、羊たちは精力的に食む。

十分眠っているはずなのにうとうとした。体がくらっと傾いて目覚め、しばらくするとまたうとうとする。今どこにいるのか曖昧になって現実にいるというより物語か夢のなかにいるようだ。

知らぬ間に、真冬にもどったような灰色の雲が頭上を覆っていた。

また道をいくと、ベンチに一人の女が腰掛けて本を読んでいた。ほっそりして五十代あるいは六十代という年格好だった。こんにちはとオサムは声をかけた。おもむろに女は顔をあげる。オサムは笑む。昨日お会いしました、隣の者です。女はかすかにうなずいた。掛けていいですかと断ってオサムは腰をおろした。あなたもですね、といってペイパーバックをとりだした。

「春だからか気が緩んでいるのか、すぐに眠くなって一ページも読めません」

女は肩をすくめる。

オサムが名を告げると、女も返した。クレアと名のった。

「ロンドンで働いていたけれど帰国することになって」

「それならさっさと帰ればいいのに」

「まっすぐ帰りたくなかったので……。ダブリンから適当にバスにのったらつきました」

「おかしな人、こんな何もない町に」

オサムは口をゆがめた。クレアがじっと見つめている。それを意識して遠くへ目をやった。青い空と灰色の雲がせめぎあっている。季節と季節の戦いのようだった。


数日後の夜、クライアンズにオサムはいった。クレアがいた。この前と同じ片隅の席でひっそりと壁にもたれている。

「またお会いしましたね」

クレアは無表情に彼を見あげた。

「いいですか」とオサムは隣の椅子をさす。

ゆっくりとクレアはうなずいた。

「決めてるのですか、席」

「カウンターはいや、ここなら誰からも離れていられる」

「お邪魔ですか」

「そういうわけではないわ」

オサムはカウンターでラガーを受けとりもどってきた。腰をおろし一口飲んでから、よくくるのかと聞いた。唯一のたのしみよとクレアは静かに返す。

「あなたはこの町の人でしょう」

「そうよ、でもなぜ」

「この前も今日も一人だから」

「親しい人はいないわ」

「僕も。きたばかりで、あなただけです」こんなふうに近づけるのは。

それからオサムは簡単に自己紹介をした。

「ロンドンで何の仕事」

「オフィスで事務です、コーヒーや砂糖やパームオイルなどの売買をする個人商会で契約書を作ったりいろいろ」

ナイジェリアのラゴス、オランダのロッテルダム、東京と宛先はいろいろあった。

「私は頭を使う仕事はしたことない、ろくに学校へもいかなかったし、体を使って何でもやってきたわ、おかげでどこもかしこもボロボロ」

「そんなふうには見えないな」

クレアは肩をすくめた。

「ここで何をするつもり」

「何も。強いていえば気持の整理かな」

「気持の整理？」

「迷いました、日本に帰ろうか、とどまろうか。このままでは安穏に流れて自分を失ってしまう、そう考えて帰ると決めたわけですが……」

迷いは残る。

十年前の春、もどらない覚悟で家を出た。正確にいうと何年だろう、198…年。

決断して母に告げると、いわれた、あんたを育ててきた私の思いをこういう形で踏みにじるんだと。悲しいというより怒りの目だった。オサムは怯まなかった、今までの自分を捨てて生まれかわるのだと強気だった。

家の前で見送る母が最後にいった。あんたが自分で決めたのだから、何としてでも正しかったと証して私を安心させなさい。すると兄がいった。どこへでもいくがいいんだ、おまえは一人で思うままに幸せに生きろ。

「当てなんてなかったな、日本を離れることが目的だったから。ロンドンについた翌日、たまたま電話帳で見た語学スクールにうまい具合にはいれたらそこは、ミッショナリーを志す人たちのためのものでした、二年間雑用をして授業料を免除してもらい言葉を覚えました、金もろくにないし背水の陣だったから充実してた、そこの校長先生が信用してくれてシティーのオフィスを紹介してくれたのです。日本語が役に立ちました、幸運でした」

肝心なところが分らないとクレアはいった。なぜ故国を捨てるつもりだったのか、それなのになぜもどることにしたのか。

オサムは不倫の子、生んですぐに実の母は自殺した。オサムは引きとられて父親の家庭で育った。高校三年生になった年に父親が癌で逝き、葬儀の後で母親の兄である伯父から事実を聞かされた。混乱し、その底から、やっぱりという思いがわいてきた。何かあると自分は思っていた。なぜいわなかったかと、オサムは母親に聞いた。父さんが決めたことだった、と母親は答えた。父親は何の手も打たなかった。いつも仕事にかこつけて逃げ、傍観者のまま逝ってしまった。父さんが話さないならそれはそれでいい、私は私なりに自分の子として育ててきたのだから。オサムに記憶がよみがえる。まだ小学校にもいってなかった。ある夕方、ふと気づくと母親が凍りつくような眼差しを彼にむけていた。目があった瞬間に母親はその目をそむけ、ふたたびもどったときは穏やかな光をたたえていた。何気なく過ぎた日常の一こまだった。しかし不意にオサムの心に浮上するのだった。それは兄と自分とへの母親の接し方の違いを漠然と感じたりするときだった。母さんがわけ隔てをしたか？　と兄がなじるように聞いた。した、と反射的に返していた。あっと思ったときは遅かった。すると、何も知らない小さなころから感じとっていた気がした。あの凍る眼差しに出会って以来、親密さが恐かった。母親の顔は蒼白だった。したわ、とつぶやくようにいった。兄でなくオサムをひいきした。私はいつも意識した、わけありだなどと人からいわれまいと。引きとりたくなかった、それを承知で父親は連れてきた。あんたたちには表向き同じように接してきた、でも心の内では同じではなかった。母さんはおまえにでなく俺に厳しかった、と兄はいった。オサムもそう思う。それこそ隔てに違いなかった。母は兄に期待して、オサムには何も望まなかった、いつも好きなようにさせていた、何かやりたいというとやりなさいという答がかならず返った。仕方ないと俺は自分をなだめたさと兄はいった。家業を継がなくてはならない兄と、自由な弟。母さんがどれだけ神経を遣ったか、おまえがいるかぎり苦い思いはつづくんだ。誰もが口をきけなくなってしまった。

「家族を認めたくなかったし、認めてもらいたくもなかった、僕はあまりにも子供すぎました」

小さな商売屋の決まりで、すべてが兄のものとなった。

見放されるより見放したかった。今でこそもっと賢い方法があったと考えられるが、当時は思いつめて周りを考える余裕はなかった。

進学はしないで外国へいくとオサムはいいだした。決めるのはあんただけれど慎重に考えなさいと母親はいった。航空券とわずかな金が餞別だった。

「ずっと離れていてろくに連絡もとりあわずにきてしまいました」

オフィスでは給料も悪くない、労働許可もあり何の問題もなかった。日本人、イギリス人、ノルウェー人などの親しい人もいる。順調だった、ずっとロンドンで生きていける。正直、世界中のどこででも自分は生きていけるという自信さえあった。

「去年の冬、不意に先のことを考えてしまいました」

風邪をこじらせ、たずねてくる人のない部屋で二日間熱にうなされていたという出来事がきっかけとなった。

「気づいてしまったんです、余所者が無責任なロンドン暮らしをたのしんでいるにすぎないと」

偶然か必然か、ちょうど十年という区切りのときでした。一人でいても誰かといても淋しくなり、考え、思いめぐらし、恋しさを排除しても自分の生きる場所は日本でした。

「バカです、十年もかけて、やっと気づくなんて」

一人なら世界のどこででも生きていけるはずの自分が、知ってしまった、傲慢なだけだったと。日本を捨てたつもりだったのに、依って立つ場所は日本なのだった。

「理屈ではない、変えようがない現実でした」

帰るにしてもよろこびよりも不安が大きい。故国のイメージが定まらない。あの十八歳のオサムはそもそも日本を知らなかった。その延長上にいるのだった。日本での自分が想像できない。国際人になれないのなら日本人にもなれないのではないか。

迷いながらも帰国する決心をした。すると新たな現実的な悩みが生じた。仕事は見つかるだろうか。居場所はあるだろうか。母親や兄との関係をどうしよう。彼らははっきりとは拒まない、しかし芯からの受けいれもないだろうと思えてしまう。偏見だろうか。

「弱気なのね、今まで自分の力でやってきたんでしょう」

むしろすべてが違う外国だから責任も問われず気楽にやってこられたのだ。

「ここにきてもう一と月になりますがまだ不安なんです」

そのせいで衝動的にクレアに語ってしまった。すでに悔いがわいている。

ロンドンで恋人はいなかったのとクレアは聞いた。オサムがうなずくと、そのうなずきに対してクレアもうなずいた。

「帰るという連絡はしたの？」

「まだです、決めかねています、伝えるべきですか」

「あんたのことよ、私が決めることではないわ」

クレアはラガーを飲み、ポテトクリスプスを口にいれる。

「毎日をどんなふうに過ごしているの」

「何かをするあてもなく、散歩をし、ジムのプールで泳ぎサウナにはいり、あとは本を読む、それだけの日々です」

「あんたが一人のように、この町で私も一人なの、あんたと親しむつもりもなかった、それなのにあんたが見せた暗い表情が気になって拒めなかった」

昼間の散歩で出会ってそのときクレアも本を手にしていたのを思いだし、あなたも似たような暮らしですかとオサムは聞いた。

「ゆったりした暮らしをやっと手にしたの」

部屋は暖かい、外出から帰ってこの暖かさに包まれるとクレアはほっとする、最高の贅沢だった。紅茶の用意を始めている自分に気づき笑みをもらす。ラガーの味が喉に残っているのに。でも飲んで落ちつこう。

整理ダンスの上に飾られた母と子の人形。小さな物入れ。壁に掛けられた絵ではキリストの心臓が槍に貫かれて赤い血を流している。しかしどこの家でも見かける家族の写真というものはなかった。両親の写真もコリンの写真もない。シンプルな居間兼キッチン。やっと手にいれたアパートは小さいけれど一人で暮らすには十分だった。終の棲家など一生もてないと思っていた。

翌朝六時に起きだした、いつもこの時間に起きる。今日は仕事がないと居間兼キッチンにはいって食事の用意を始めながらクレアは思う。

肉体を酷使する仕事ばかりをしてきた。ホテルやバーのメイド、病院の掃除婦、……。頭を使う、たとえばショップアシスタントになりたかった。なれなかった。もともと大きくはなかった希望が少しずつ小さくなっていき、今はもう死ぬまでここにいられることに安堵している。

六十歳をすぎ、勤めていた病院を解雇されそうになったがまだ働ける、管理者に頼んで週に三日出られることになった。余裕ある時間にまだ馴れず、戸惑っている。

休みがふえてかえって疲れを感じるようになった。思うに若いころからの疲れなのだ。年だから仕方ない、つくづく働きどおしだったのだから、と認めた。

そうしてとりいれたのが散歩と夜のバーで一杯やることだった。

朝食の後始末をしてから、昨日寝るときにセットした洗濯乾燥機をあけて洗濯物をとりだし、たたんだ。メモ帳をひらき昨日の夜の出来事を書きこんだ。それから、散歩に出ることにした。

この町に四十年ほど住んでいる、しかし親しく心を許す人はいない。職場の同じ掃除婦や雑用係の人たちとも深いつきあいは避けてきた。自分をどうさらけだしたらいいのか分らない。感情に身を任せることができない。習い性になってしまった。一人がらく。

クレアは街中での触れあいも苦手で無表情をとおし、病院内でもスタッフや患者たちと距離をおいて、そういう人と思われている。昔は人と交わろうと努力もした。不器用でうまくいかず、しだいにとりのこされ、クレア自身とりのこされてほっとするようになっていった。

今になって身辺が淋しい。毎日町を歩きつづけていれば何かに出会うだろうと思いもするが、何にも出会ってはいなかったのだ。地球の反対側の青年があらわれた。これも出会いの一つかと、ひそかにクレアは思う。

一瞬見せたあの愁いの目。捨てたつもりの故国に帰っていくという。でも目の前にいるこの人は明るい印象だ。その落差にもとらわれる。

あのときクレアの手にペイパーバックを見なかったなら、声をかけなかったかもしれないとオサムはいった。

「一人の夜は長いし、本だけは読んだわ。私が学んだといえることがあるとすればそれは本からで、学校や社会からではなかった、勉強したかったの、でも本から学ぶなんて、実際の暮らしには役立たずだった」

オサムは眉を寄せた。

「けっきょく死が見えてきた今が、希望を抱く必要もないし、平穏なの」

これまでの歳月を振りかえり、いったい何だったのだろうと空しくつらくなることも相変らずあるとクレアはいうのだった。

「分るようで分らない……」

「まだ若いのよ」

「希望が消えたらつらいでしょ」

「希望を抱くことこそ苦しいことだわ」

その言い方にそそられた。「何だろう、あなたを苦しめた希望って」

「結婚すること、幸せな家庭を築くこと」

オサムは拍子抜けした。「ほんとかな」

「分らないでしょうね」とクレアはかわす。「けっきょく恋も知らないまま、ある朝いつものように鏡をのぞくと、そこにいる女が年老いているのを知り、夢に気づかされ、同時に解放されたの」

「恐いんですか？」

「何が？」

「男」

クレアはふんと鼻を鳴らした。「あんたいくつ」

「二十八歳」

「私は六十二、倍以上の年の差だわ」

「僕も男です」

「そう、男、地球の向う側からきた」

地球の向う側なんて物語にすぎないそうだ。だから心安さもあり、こうしているのだろうか。

クレアのジョッキが空になった。オサムも飲みほし、お代わりしましょうと立ちあがる。ラガーでいいですね。

クレアはコインを用意して待っていた。ごちそうさせてくださいといっても、承知しなかった。いやなの、と自分の分の金額をオサムの前にすべらせる。

少しずつ飲みながらよもやま話をかわした。おたがい気楽に話せるのだった。クレアの訛りが強くときどき聞きとれない。イギリス英語とは違う、同じアイルランドでもダブリンや南の英語とも違う、ここは北の果て。

バーがにぎわいだす前にクレアとオサムは腰をあげた。私につきあうことないわとクレアがいうので、僕には十分遅いですとオサムは返した。十時をすぎたところだった。肩を並べて家路をたどる。ケルトの物語に輝くアイルランドの蒼い夜ですねとオサムはいう。クレアも登場人物の一人、アイルランドに住む人はみなその資格をもっている。

「あなたは生まれもこの町ですか」

「違う、もっと西の大西洋に近い場所よ、何にもない忘れ去られたようなところ、夜になると月星以外に家の周りに明りもなかったわ」

はるか昔、二十歳のときに出て、いらい一度も帰ってないそうだ。

「近いのに？」自分は外国にきてしまったことを思ってオサムは聞いた。

「遠いわよ」

二つ上の兄はともかく、父は死んだろうという、生きていれば九十歳をこえたろう。部屋のドアの前でお休みをいいあって別れ際、眠りもたのしみだとクレアがいう。眠りがたのしみだなんて。自分もそうなのにオサムはつぶやいた。


玉葱や人参をえらんでいるクレアを見かけ、声をかけた。

「親しくなると会うものね」とクレアの表情が緩む。

思わず笑顔を返すと、なぜかしらとクレアは小さくもらす。オサムには意味がとれない。目で問うた。クレアは肩をすくめた。

オサムが白菜を籠にいれるのを見て、食べたことがないとクレアはいう。オサムは食事を誘った。

「今晩、試食してください、どんな味か分りますよ、けっこう僕は料理上手なんです」

「ううん、いい、いまさら新しい料理はいらないわ」

この小さな町で小さな世界を生きてきたクレアは、食という点でも変りないそうだ。子供のころから同じ材料を使い同じものをつくってきた。

「それを広げる気はないの」

家からこの町に出てきただけで精一杯だった。逆にいえば新しい世界を求めて頑張っても同じドネゴール州のなかだった。クレアは何気なくそう説明した。

「今からでも遅くはない、広げてみたら」

「呼んだり呼ばれたり、好きではないの」

「分るけど……、いいでしょう、少しはよけいなことをしてみても」とオサムはくいさがる。

「そうね。……あんたはじきいなくなる人だわね」クレアは頬笑み承知した。

オサムは彼女の買い物袋も引き受けて両手に提げた。

クレアは病院からの仕事帰りだった。ドネゴール州の中核病院で広い駐車場や三棟の大きな建物をもつ。勤務中は掃除道具をのせた手押し車を押して歩きながらモップで拭いたり手摺を磨いたり、目についた汚れを休みなく落としていくのだと、道々語る。

夕暮れにはまだ遠いメインストリート、いわばこの町のオコンネル・ストリートを人々がいきかう。北の国の五月は日が長い。穏やかな町の顔がそこにはある。

ひとまず別れるとき、どうせだからお茶も一緒にしましょうとオサムは提案した。じゃあ荷物をおいたらすぐにもどるわとクレアは答え、本当にすぐにもどった。自分で焼いたスコーンを手みやげに。

横に立ってオサムの料理するさまを眺めながら、手際がいいとクレアは褒める。アイルランドの男はあまり料理をしない、一人では暮らしていけない。

「でもアイルランドの男たちはアメリカへオーストラリアへいったでしょう」

「切羽詰まり命がけでね。私も国を出たかった……。故郷を出るのがせいぜいだったけれど」

オサムは小さな鍋で米も炊く。イタリア産のロングライス。炒めたりしない。水の量を慎重にはかった。ここでは材料がそろわないと言い訳をしながらも、ベーコン、エビ、白菜、玉葱、人参を炒め、ジンジャーと塩コショウで味付けしコーンフラワーでとろみをつけ、カレーのようにライスにそえた。ワインをなめなめクレアはめずらしい味を気にいったようだ。

仕事きついですかと聞いた。食べながらでも疲れた様子が見える。身にまとった雰囲気よとクレアは否定した。

よもやま話から、子供のころはどんなだったのかをオサムが聞いた。貧しかったとクレアは答え語りだした。四十年、五十年前、国自体も貧しかった。

北の果てドネゴール州の西の果て、大西洋に面したメインモア近くの村に家はあった。周りは丘というか山というか起伏のあるやせた牧草地であり農地であり、広くはない、しかし狭くもない。手を尽くしても決して土地は肥えてはくれなかった。

クレアは暮らしの風景を語る。長い冬には暖が肝心だった。母とクレアは焚き木をあつめ薪を割る、父と兄のコリンはオークフィールド・ロードを三マイルほど遡り、さらに脇道をいき、ボグで泥を掘りだす。広げ、それから水を泥の上にまいて黒いどろどろにし、さらに形をととのえる。しばらく放っておくと雨にさらされ、風と太陽に乾かされ、ターフができあがる。

自分たちのための菜園ではおもに母親とクレアとでいろんな野菜を季節ごとに栽培した。人参、トマト、玉葱、ルバーブ、レタス……。男たちには生垣の手入れも大切だった。繁みが牧草地へ広がらないようにあるいは逆に枯れないように定期的に手をいれなくてはならないのだ。遠くの繁みからウサギがあらわれて後ろ足で立った。耳をすまし、首を西にむけ東にむける。何を捉えようとしているのだろう。鈴の音だろうか。危険はないと納得したようだ。自分の動きをたのしむように跳ねて遠ざかり消えていった。一息つき父親は、つぶれた手の豆を固まらせようと小便をかける。

風が吹くなかをコリンが羊の丘へ道をあがっていく。移動のために牧羊犬に指示して羊を追いこむ。年老いた牧羊犬は動きが鈍い、もう一頭は若く技に欠ける。苛立つコリン自身もまだ経験が足りなくて父頼りだった。

待ったなしで学ばなければならないことがコリンにはたくさんあった。牛の出産もそうだ。目をはなしたすきに牝牛はどこかへいってしまい彼は慌てた。もうじきだ気をつけて見ていろと父親からいわれていたのだ。父親とコリンとクレアもくわわって探した。やっと見つかった牝牛は破水し、子宮は広がって足が見えていた。下手をすると子牛ばかりか母牛まで死んでしまう。急がねばならない。牛はうめき声をあげる。父親がロープを子牛の蹄にかける。コリンと父親と二人して引っ張った。牝牛はつらそうな鳴き声をあげ何とかしてと哀願する。コリンは足を踏ん張り全身でロープを引く。牛がいきむのにあわせて力を集中するんだ、と父親が叫ぶ。そーれ！

永遠ともほんの数秒ともとれる格闘の末に子牛は滑り出てきた。やったとコリンは叫ぶ。父親は胎盤を取り去り、牡だと喜びをあらわにする。母牛は子牛の体をなめてきれいにし乾かそうとする。それをコリンが見守る。生まれたばかりの子牛が可愛くて仕方ない。

遠くの丘からゆっくりと霧がおりてきた。丘の連なりには雨が多く、ときにその雨より厄介なのが風だった。谷から吹きあがる風と空をかけてきた風とが混じりあって家畜たちを翻弄する。牛や羊は岩をあるいは昔納屋だったところの壁を風よけにしてかろうじて耐える。

となりの丘の亭主が亡くなり、女が一人残された。三十日後の追悼のミサはふつう近親者だけでおこなわれるが、その近親者がいないためにクレア一家が出席した。女は荒天がつづくときのために食糧を備蓄する。父親は女に安くターフをわけた。しかし一人ではどうにもならなかったのだろう、一年後、突然消えてしまった。

ビーチの木の根元を豚が鼻先で掘ってコケをめくる。野イチゴ。トネリコ。イチイ。ルバーブ。ライラックの桃色の花びら。サンザシ。そのとれ具合で冬が安泰に過ごせるか決まる干草。コックスヒル。ウェリントンブーツ。バロー農場。ビート。手回し式ふいご。ボグ。ターフ。ブラックプディング。三月に鍬をいれ、六、七月に成長し、八月に実るカラスムギ。カバノキの林。幽霊の丘。たまに父が出かけていってたのしむバーのスツール。レバーと人参とマッシュポテトと豆の食事。そんな言葉がクレアの口からあふれて、思いのほか饒舌だった。自分の口からくりだす言葉に自分で驚いていた。決して語ろうとしなかったくさぐさ。話しながら解放感があった。

オサムと親しみだしてクレアは自分の接し方の違いを自覚する。そのたび彼が、縁のない日本人と意識する。

聞きなれない言葉のちりばめられたクレアの子供時代の故郷の風景は、荒涼とした美しさを秘めている。オサムは指摘し、すべてをとじこめてしまう灰色の空を思う。ところどころ岩の交じる牧草地で貧弱な草を食む羊と足を痛めた羊の様子を案じるコリン、細い流れで何かを洗う母親、それぞれが独りぼっちに切りとられていて、それはまるでクレアの心そのもののようだった。帰ったことはないし帰りたくもないという。しかし、本当は懐かしくてたまらないのではないかと思わせもする。

思いのほか長居をしてしまったとクレアは気遣う。ドア一つ隔てた隣同士ではないか、いつまでいてくれてもいいとオサムは気にしない。そうもいかないわとクレア。ワインをたっぷり味わったからベッドにしずみたいそうだ。見送りながら、プールにもいきましょうとオサムは誘った。

「私をいくつだと思ってるの」

「もっと年上の人が何人もきてますよ」

「泳げるかしら」

「水遊びのつもりでいいでしょ、それにサウナとジャグジーが気持いいです」

「故郷の川での水浴を思いだす……、考えてみるわ」

ドアとドアを半開きに頭だけ出しあってお休みと和した。

その後クライアンズで一緒に飲んでプールへいこうとまた誘うと、クレアは承知して水着を用意しなくちゃあというのだった。心の弾みにくすぐられるようだ。

「子供みたいね」と言い訳めいた。

午前十一時ごろ約束どおりオサムがクレアの部屋のブザーを押した。待たせるまでもなくバッグを手にクレアは出てきた。水着はどうしましたと聞くと、デューンズストアで買った、濃いワインカラー、と明るく返す。派手な花柄を僕ならえらんだのにと強調するオサムに、クレアはくすんだ赤が好き、からかわないでと優しく睨む。オサムはうなずき、女心はいくつになっても娘心だと想像した。

坂の町のメインストリートは歩行者がいきかう。店がこの一か所に集中しているせいもあって人口の割りにはいつも人にあふれ活気に満ちている。バーでは夜の準備に歩道に面して地下への蓋があけられ、ラガーやビターの樽が運びこまれていく。人々は車道に降りて迂回する。夜も昼も関係なくすでにガラスのジョッキを片手に入口の壁に寄りかかっている男もいる。男の鼻は石榴のように赤く膨れて割れている。あれは酒の飲みすぎよとクレアが囁く。

メインストリートをそれて坂道をあがりさらに右手に急坂をおりるとレジャーセンターはある。なぜかスポーツジムとはいわず、レジャーセンターと呼称する。オサムは受付の女の子とも顔なじみになっている。通し券を買ってあるので手続きもない。クレアは一回分の支払いをし、じゃあプールでと男女それぞれの更衣室へ別れていった。

ワインカラーの水着姿をクレアは少しはにかむように見せる。胸は膨らみ腹は少しくびれて形をなしている。オサムは小さな仕草で歓迎し、素敵ですよと囁く。クレアは泣きだしそうな表情になった。胸が痛むかのようだった。よろこびも恥じらいも切ないのだろう。

子供のころは私も川で泳いだといいながら、戸惑ったようにクレアは立ちすくむ。他の人たちの様子をうかがっていたが、そのうち足元をけって体を水中にのばした。オサムは見守る。泳げそうな雰囲気だった、おしえなくても体が思いだすだろう。オサムも泳ぎだす。しばらく泳いでから確かめると、クレアは息継ぎがうまくいかないようで、二かき三かきで立ちあがってしまう。

ジャグジーへいきましょうとオサムは声をかけた。泡の盛りあがるジャグジーでどうでしたと聞くと、泳げなかったとクレアは残念な思いをにじませる。

故郷では小川で風呂代わりに水浴したそうだ。あのころどんなふうに泳いだのだろう、感覚がもどらない。戯れていただけだったのだろうか。風呂もシャワーさえもない家では盥に水を張って体をぬぐうのだが、それに比べると川に浸かれるのはいい、だから夏が好きだったという。

「何も身につけず兄と一緒にはいるの。パーチが体をかすめていった、でも釣りにきたわけではないしつかみとるのは困難だったわ」

コリンは冬でも浸かった。陰毛の生えだしたころ彼は一人遊びを覚えた。クレアに見られても平気だった。たいがいうっとりと眼をとじていた。クレアも兄の行為を目にしても動揺はない、自分がもたない兄のペニスには、当然実感はないままに小さいころから見馴れて、性の香りはなかった。そんなふうに話すのだった。

プールにもどって泳ぎに挑戦してみますかとすすめてみた、ここに浸かっているほうが気持いいとクレアは断る。オサムだけがまた泳ぎだし、クレアはクレアでミストサウナとジャグジーをいったりきたりしていたようだ。

親しみはまし声をかけあってバーにいったりするようになった。散歩や買い物でもしばしば出会う。

「あんたは向う側からきた、そうしてじきに帰っていく」とクレアは折に触れていう。

「まるでそれが大切なことみたいだ」とオサムは笑う。

クレアはうなずき、「あんたを裏切らなくてすむし、信用もしなくてすむ」と答えた。

年齢の違いもクレアを気楽にさせるらしい。表情も緩んできたが、基本は暗い。人はそう簡単には変らない。

恋人をもったらと戯れにオサムはすすめる。私は男はいらない、とにべもなくクレアは答える。もう家庭もいらない。しかしオサムには疑問が残る。結婚し子供をもつことが夢だったのではないか。

「あんたはどうなの」

「僕は……」オサムはいいよどむ。

「何をいってもいいわよ、私たちはそういう関係でしょう」

限られた親しみのなかにいる。しばらくしたらオサムは地球の反対側へ去っていく。

「女性と親しくなっても、あるところで前へすすめなくなってしまう」

「私と同じかもしれない」とクレアはいった。

「同じ？　何が」

「心の底に潜むもの」

「あなたの心には何があるのですか、素敵な家族がいたのでしょう」

クレアは小さく肩をすくめた。

「自分のなかに抑えこんでいるとどんどんたまってしまう、吐き出さなくちゃ」

クレアはためらい、しかし表情をひきしめた。

「私が家を出る四年前、母も一人で出ていった……、聞いてくれる？」

何が語られるのだろうか。

「時間がかかるけどゆっくりと時を追って話したい……」

あんただから、というのだった。

アパートにもどってから、まるで自分を探しているみたいに語りだした。


スレート葺の家にサンザシの垣根、周りの農地や牧草地は痩せてはいても自分たちの所有するものだった。家は祖父の時代につくられ、傷むと修理しながら住んでいた。暖炉の上には聖心の絵があった。ロザリオの祈りを毎晩ささげた。一家は日曜のミサを欠かさなかった。ミサ用の服を身につけ、始まる三十分前には席についていた。時間に余裕ができると母親と歌をうたった。春の日の花とかがやく……。クレアはうたうのが大好きだった。豚の膀胱でできたボールでコリンとキャッチ&ランをする。他の子供たちもくわわった学校での光景も残るが、ふだんは遊ぶ相手はいなかった。近所といっても遠い家の子供たちとは学校と日曜のミサでしか顔を合わさない。オート麦の畑、ポテト畑、主にキャベツの野菜畑の手入れが忙しかった。森に棲む鳩にキャベツをつつかれる。味を知っているのかうまい部分だけを食べ、つぎのキャベツに移る。人間より贅沢なのはつくる苦労を知らないからだ。

貧しかった。父親は不機嫌で横暴で、母親はいつも泣かされた。いったん腹を立てると気のすむまで殴りつづける父親だった。標的は主に母親でときにはコリンも犠牲になった。幸いクレアには手を出さないがそれは彼女がまだ小さいからにすぎない。

夕暮れ間近作業をしていたはずなのに突然姿をあらわして、母親につかみかかるのだった。引きずるように二階へ連れていった。クレアにはどうしようもない、コリンは羊を追っているしたとえ居合わせても母親を助けられはしない。クレアはただ聖心の絵にむかって祈るのみだった。

祈りがつうじたのか母親の悲鳴は消えていた。ふしぎなほどに静かだった。それもまた不安を誘う。しかし恐くてあがってはいけない。クレアはさらに祈る。聖母マリア様……。

祈りがとどき、やがて二人はおりてくる。母親はうるんだ目をして頬は赤みを帯びていた。父親は黙ったままふたたび裏口の扉を出て作業にもどっていく。

クレアはほっとするが、なぜか母親に話しかけられなかった。母親もクレアを無視して台所仕事をつづけた。なぜこう一人一人がばらばらになってしまうのだろう、言葉にならないままに漠然とクレアは感じていた。

ぎりぎりの暮らしが両親の、特に父親の心をとがらせる。子供というヴェールがとれていきクレアもそのことを直接肌で感じざるをえなくなっていく。クレアは十歳になっていた。

「今でこそ好景気だそうだけど国全体が貧しかった、だから人々はチャンスを求めて国を出ていった、でもそれはほんの一部の人よ、生まれた地にしがみついてほそぼそと生きていく人が多かった。私の両親や祖父母たちもそう。農地を手放したくても買い手はないし、羊を飼い畑を耕すことしか知らないから放棄して町へ出てもやっていく自信はない……」

村にぽつんぽつんとある家はみな似たようなものだった。そうして男所帯がふえだしていた。嫁のきてがない。それを見越して多少気骨のある男は見切りをつけて出ていき、成功した者もいれば野垂れ死にした者もいる。残された男たちは同じような家の娘にも嫌われる。娘たちはむしろ町に出て安く雇われる道をえらぶのだ。女は男しだいだから町で見染められる見込みもある。カトリックがそもそも男社会といえるしアイルランドという国も男社会だった。だからこそ力をもてない村の男たちは惨めだった。

惨めで横暴な男たち、家庭があってもその傾向は消えはしない。クレアの父親は典型だった。そうしてコリンもそんな男たちの一人になろうとしていたのかもしれない。だが相変らずぽっちゃりとした童顔で、頬は少し赤みをおびて、顔だけ比べれば私のほうが年上だった、とクレアはたどる。彼は勉強がきらいで、机にむかうよりも大地に出て農作業をしたい少年なのだ。自然と一体化し、精力的に羊の世話や牛の乳搾りにいそしみ、畑を耕し、生垣をととのえる。

クレアは大きく吐息した。

「私は十六歳になろうとしていた……」

母親とクレアで夕食の後片づけをしていた。コリンはラジオを聞いている。一日の労働が終り安らかな眠りを待つ束の間のひとときだった。父親はすでに二階にあがっている。母親がクレアにそっと耳打ちした。二階の父さんのところへいきなさい。クレアはあがっていく。ベッドに横になっていた父親ははいれというように上掛けをもちあげ、何も知らずにクレアはすべりこんだ。父親の手が頰をなで、クレアは目をとじる。手は胸に触れてくる。それから下へおりていく。息苦しかった。不意に手をとられて導かれた。コリンが川べりでもてあそぶときのように父親のペニスも硬直していた。のしかかられ、貫かれ、苦痛が悲鳴にかわり、瞬間父親の手が口をふさいだ。夢中になってもがき助けを呼んでも、母親もコリンもあがってはこなかった。はっきりとクレアも知った、父親が突然母親を二階へ連れていった意味を。このことだったのだ。

しばらくしてクレアは解放されおりていった。鈍い痛みに足がうまく運ばない。テーブルにむかって母親とコリンが坐っていた。クレアはそのまま裏口のドアに近づき出ていこうとする。どこへいくの、と母親が遠慮がちにたずねた。川、水を浴びてくる。気をつけて。それが精一杯なのだろう、とめもせずついてもこなかった。

月夜だった。クレアは裸になって流れに身を沈めた。水の流れが肌をかすめていく。汚れをはがしていくかのように。しかし彼女自身を引きずりこむ力はなかった。すべてを分ってしまっていた、先も見えていた。貧しさや暮らしというものも。クレアは子供ではなくなった。このときを境に歌も失った。

父親にとって性はあらゆる怒りや不満の唯一のはけぐちだった。クレアも強いられる。母親も兄もそれを知っている。母親がいいつけられてクレアに二階へいけと伝える。娘を守れず夫のいうままの女なのだった。

あるとき二階からおりてきたクレアと母親とまともに目が合ってしまった。心のうちで母親は決して私を許さないだろうと、クレアは知った。

暗い空の下の寂れた農家、羊を飼いポテトをつくる。兄もクレアも家を出るのが望みになり、一緒に出ようと相談する。しかし実行するときになって、兄はためらった。

コリンの弱気を見てクレアは気持を立て直すのがつらかった。淋しくて一人になりたくて青い野を歩いていった。灰黒色の雲が天蓋のようにびっしりと覆う。雨が降りだした。生垣を、羊たちを、牧草地を、濡らしていく。森にも、クレアの歩く一筋の道にも雨は降る。

いつになっても変らない家族の状況は運命のようなもの。父親はともかく母親とコリンはそうとっている。運命と呼ぶなら呼べばいい、クレアはその運命に逆らいたい。父親に抱かれながらいつかそのときがきたなら一人でも出ていくと心に誓う。

そのときはなかなかこなかった。母親に先を越されてしまった。

その日、母親が起きだした気配にクレアも目覚めそっとおりていった。母親は外へ出ようとするところだった。服装が違っていた。大きな布袋を手にしていた。東の空は紫色に染まろうとしている。母さん、と呼びかけた。母親の足がとまり、振りかえる。どこいくの？　この家を出ていくの。出ていく？　その意味がクレアの頭でまとまらない。父さんは知ってるの？　母親は睨むようにクレアを見て答える、誰も知らない。私もいく。だめ。なぜ？　どこへいくか分らないの。そんなのかまわない、私もいく、連れてって。そうはいかないわ。私を決して許さないと感じとったあのときと同じ冷たい眼差しだった。もしかして、誰か待っているの？　勘だった。はたして母親は、そうよ、昨日きた布屋よと、突き放すようにいった。服やカーテンのための布を売るセールスマンと母親は一人で長いこと話していた。信じてるの？　母親はうなずく。とどまってとはいえなかった。まして私のためにとは。一つだけおしえて、私は母さんと父さんのほんとの娘？　心が張りさけそうだった。しかし母親は、時間がないの、といいすててくるりと背をむけ、遠ざかっていった。

見えなくなるまで、クレアは立ちつづける。見つかり連れもどされるのを恐れるように足早に、母親は振りかえろうとしなかった。

クレアはオークフィールド・ロードをどこまでもまっすぐに歩いていく自分の後ろ姿を心に描くようになった。

その後の母親がどうなったのかクレアは知らない。誰も知らない。いずれにしても夫から、家から逃げた、娘や息子さえも捨てられる己の正体を見てしまった。その自分自身からは逃げられないだろう。

話し疲れて一休みだった。たっぷりの砂糖とミルクをいれた紅茶が喉をうるおす。

オサムはすっきりしない。聞きながらいつの話なのか分らなくなってしまった。何てとんまなのという表情でクレアは答える、今現在の話よ。
　しかしおかしいのは彼女のほうなのだ、誰もが疑うだろう、それは昔々のことだろう、と。今
の話と答える彼女こそ、おかしい、クレアはそんな閉ざされた、オサムの理解を超えた世界にい
る。厳密にいえば今ではない。しかしそれがクレアの娘時代だった。
　父親がチェーンソーを買ってきた。コリンがそれを使って垣根を刈りこむ。しびれるとうれし
げに手を振った。もう豆をつぶして小便をかけることもなくなるだろう。チェーンソーは木を刈
るばかりではない、大気を切りさき、夕暮れを切りさく。
　コリンもまた大人に近づいていた。本能的にいろんなことを覚えていく。よいことばかりでな
く悪いことも。灰色の空の下コリンはいらいらすると身につけた悪習にむかう。一人遊びも羊相
手の戯れに高じていた。娘でははらませてしまう危険があるが羊相手なら心配はないとどこから
仕入れてきたのか彼はいう。人間の精液は人間のなかでしか役立たない。
　祖父から受け継いだ日曜ミサのための黒い礼服よりも、俺には作業着が似合うとコリンはいっ
ていた。丈夫な綿のつなぎ。年がら年中朝から晩まで着つづける。つなぎは不便だとあるときコ
リンはいった。するとクレアには分った、羊とまぐわうのだと。コリン自身があかしたのだ。と
きには突然の衝動に捕まることもある。身籠らせてと催促するように尻をむけてくる羊を見れ
ば、ついむらむらと反応してしまう。そんなときはつなぎを脱ぎ捨て全裸になって挑んだ。
　コリンも教えに従って告解をする。告解室の近くには人が集まっていた。それぞれうつむいて

沈黙している。背後では真鍮の飾り物が輝いていた。人の動きに蠟燭の明りが揺れる。また一人順番を待つ人がやってきて十字を切ってうつむいた。それぞれが緊張し、心臓を大きく打たせている。やがて神父があらわれる。祭壇の前でひざまずき首を垂れる、それから紫色の法衣を身につけ告解室へはいっていく。緊張がみなぎった。みんな逃げ出したいのではないだろうか。恐れと恥ずかしさ、許しを乞わなくてはならない、もう悪いことはしないと誓わなければならない。何回怒ったろう、何回祈りを忘れたろう、何回自身を汚したろう、コリンは思いだそうとする。前回きたのがいつだったかさえはっきりしない。

神父の姿をした神の言葉も分っている。もっと頻繁に告白にこなくてはいけない、罪と戦わなくてはいけない、永久にその罪を断つ決心をしなさい、そういう言葉をならべていくのだ。格子のついた小窓のむこうの神父の息遣いが伝わってくる。

「兄のことなら何でも知っていたわ」とクレアはいった。

親とは違う特別な存在。特に母親が出ていってからはコリンがいるから父親の横暴にも耐えた。

クレア自身はすでに告解の目的を捨てていた。嘘でかためた罪をつくりあげて神妙に打明ける、神父は疑わない。父親とのことは話せない、神のどんな罰が待っていても。

相変らず貧しかった、わずかな贅沢の一つがガーゼに包んだベーコンの塊を天井からつるしておくことだった。

「村人はみんな慎重で、油断なく、そうして狡賢いの。家のなかの暗い部分は暗いままにしまっておくのよ、それぞれの家が似たようなものだとも分っている、だから表向き詮索もしないの。ワードローブのなかの秘密ってわけ。父親が娘を抱き、兄は羊で自分を慰める。相談する相手もなかったわ、本来なら私を庇護すべき人が相談の中身なんだもの」

クレアは羊ではない、人間なのだ。身籠ってしまった。父親は不機嫌になりクレアを叩きのめし、しかし放りだしもできなかった。別の村の老婆に内緒でおろしてもらった。

できるなら今すぐにでもこの腕から逃げたいと願いながら父親に連れられて家に帰った。知っていても何もいわないコリンに、泣きごとすらいえなかった。

クレアは母親を思う。今どこにいるのだろう。この家を捨て外で生きていけるように、思うだけでなく少しずつでも準備をしよう、その力がついたら出ていこう。あらたに決意する。

「疲れたわ。長話を聞いてくれてありがとう」

また紅茶をいれて飲むことにした。文字どおりティーブレイクだった。オサムは二杯分の水を電気湯沸かし器にいれてスイッチをいれ、ティーバッグをマグカップに落とした。シンクに尻をあずけて寄りかかり、少し上気した表情のクレアを眺める。

湯はすぐに沸騰しだしぷつんとスイッチは切れる。

七時になっていた。夕食つくるの面倒だから食べに出ませんかと、オサムは提案する。

クライアンズでは食事はできないからウィーバー・インにした。ビーフのミンストパイ、ビーンズ、ベイクトポテトにキャロット、グレイビーは少し甘かった。それにギネスを一パイント。

クレアはアルコールに強そうで弱い。外はやっと日暮れになるころだが、窓は曇りガラスがはめられているせいでいつも薄暗く、オレンジ色の明りがともされている。

プールで会う人がはいってきて、オサムは首を傾げあった。私よりあんたのほうが知人が多いみたいとクレアはいう。また泳ぎましょうね、とオサムが念を押す。気分転換にもなるでしょう、今度はちゃんとおしえますから。クレアはうなずく。

「何であんたと一緒にいるのかしら。今だって一人がいいと思えるのに」

「僕はたのしいですよ、一緒にいて」

「それは私もたのしいわ」

「それでいいじゃないですか」

「でも驚きなの」


水着姿をクレアは鏡にのぞく。首周りや鎖骨のラインはすっきりしている。年だと口にしても、まだ十分若い。服を身につけたふだんのクレアより水着姿で体の隠しようのないこのほうがずっと若い。しかし我に返ってふっと笑う。立ち仕事をつづけてきたからかしっかりした太い足だった。昔から何かと理由をつけて物事を放棄してきた。もったいないとは感じなかったのに。いまさら覚えても仕方ないといいながら、クレアは泳ごうとする。ねばっこく、あきらめない。一人で泳いでないで、おしえてくれるんでしょ、とオサムに催促した。

帰り道、神父とすれちがった。信者の家を訪ねるのだろうかと、オサムが振りかえってつぶやいた。

「あの人たち自分が信じてもいないで導くのだから」とクレアは思わずいっていた。

宗教なんて見せかけ、だけど大事。日曜のミサに出席し告解にも臨み、人は縛られることを望む、それでいながら心は治まるものではない。

オサムが首をかしげる。「信じて救われる人たちもいるんじゃないかな、どんな世界にも偽物と本物がいるでしょうし」

「いいわね、そう思えるなら」自分はいつも裏切り裏切られてきた。

「神父さんはあの法衣の下に何を抱いているのだろう」

「まやかしか真実か、本人も分らないんじゃない」

「だけど実際あの人たちは導いているでしょう」とオサムは抵抗した。

「自分が信じていないことに気づいてない、だから平気で導けるの」

オサムには極論と聞こえる。


土曜の夜、オサムは初めて招待された。いつもと違うおしゃれなドレス姿でドアをひらいたクレアに、ああ、と感嘆の声をもらした。

「深紅のバラみたい、わざわざ僕のためにですか」浮かれ気味にオサムはたずねる。

「着る機会がなかったの。どうして買ったのか自分でも分らない。あんたを夕食に呼んで、着てみたいと思ったの」

恥ずかしそうにうつむき自分の姿を確かめる。物腰までが女っぽくなってしまった。

「僕もスーツに着替えてきます」

踵を返そうとすると、クレアはとめる。

「せっかくの食事ですよ」

「私がふだんの服に着替えるわ」

「いえ、そのままでいてください」

部屋にはいってオサムはぐるりに目をやった。同じアパートなのに雰囲気は違っている。何もないオサムの部屋に比べるとものが多い。もちろんテレビや電話もある。

子羊のロースト、ローストポテト、茹でキャベツ、ヨークシャープディング、デザートはアップルパイと紅茶。日曜日と勘違いしちゃうとオサムは笑う。たっぷり食べた。若いのね、とその食欲を目にしてクレアがコメントした。それから、この前の話のつづきをさせてね、と断った後、また話しこんだ。

一方的にクレアが語りオサムが聞くのだった。

クレアは聞かせたいというより語りたい。自分を押さえられなくなってしまった。私は黙りとおしてきた、知らんぷりをして。でもこうなったら心ゆくまで語らないと私自身がおさまらない。一生に一度くらいいいだろう、この人には迷惑だろうが。

母親のいない家はますます陰鬱になっていった。沈黙が支配し、ときおり誰かが言葉を発してもそれは空しく消えていく。三人とも今まで以上にとじこもっていく。言葉を拾いあげ手渡していたのが母親だった。言葉ばかりでない、気持のほうも。

コリンとさえ心がかよわなくなっていた。父親とのことが負い目になって何もいえない、頼れない。

二階へいけと父親はいうのだった。その言葉が合図だった。クレアは一瞬震える、それから黙ってあがっていく。ちらと目をやるとコリンはうつむいたままだ。いつもそう。父親はあらぬほうをむいている。寝室は父親とコリンの共用がつづいていた。父親はコリンのためにベッドをつくってそれが小さく部屋の片隅におかれている。一年前までは今クレアが横たわろうとしているベッドに男二人で寝ていたのだ。もっと以前クレアもコリンも十歳に満たないころは母親と父親とが寝ていた。ティーンエイジになってクレアとコリンとを一つ部屋にはおけなくなり、父親とコリン、母親とクレアという組合せになった。母親とコリンが入れ替わったとき、その意味も知らずクレアはがっかりしたのだった。

しばらくすると父親があがってくる。気配を感じて思わずクレアが固くなると、それをもみほぐすように父親の節くれだったざらざらの手が触れてくる。クレアは目をつぶりじっと動かない。父親は無言でのしかかる。早く終ってほしい、それだけをクレアは願う。

父親はそのまま眠る。クレアは服をつけて下へおりる。うつむいたコリンに言葉はない。よけるようにして背後を、クレアはとおりぬける。傷みながら馴れてしまっていた。人生なんて説明できないことばっかり、そう思って目をつむるしか手立てはなかった。

クレアは二十歳になった。じきコリンは二十二歳。長い冬の空のような暮らしは変らない。教会へかよい、告解もする。ロザリオの祈りも果たされる。これですべてが清められ許されるとでもいうようだ。

「あのままの生活がつづくかもしれなかった、堪えることも安易な逃げだったわ、そんなこと分らないで必死に堪えていたけど」

不意に聖エナン教会の鐘が鳴りだした。オサムはこの教会の鐘の音を気にいっているらしい。しかしどこまでも届きそうな澄んだその響きも、クレアの耳には決して清らかなだけではない、視線をテラスのほうにむけ、顔をしかめた。

不意を突かれれば心をわしづかみされて動揺する。鐘の音は人々をときには慰め、ときには励まし、ときには叱責する。棄教したのかと確かめられれば、私はいいえと答えるだろう。どんな形にしろ教会へ足を運ぶのだから、運ばずにはいられないのだから。人ほど複雑な生き物は他にいるだろうか。神は己に似せて人間をつくったというけれど、人間に似せて人が神をつくったのかもしれない。神と人間とどちらがより複雑なのだろう。

「決定的な日がおとずれたわ……」

コリンは相変らず羊を相手に衝動を鎮めていたのだろうか、そういう姿をクレアにも見せなくなっていた。もう少しの辛抱と自分にいいきかせて堪えるクレアの前では、距離をおき落ちついていた。もう少し。コリンがもっとたくましくなり父親に負けない力をつければ、自分を解放してくれる。

「二人で出ていこうと相談したこともあったのにね」クレアは悲しくいった。「でもコリンはついにその勇気をもたなかった」

そうしてある日、コリンの目に父親と同じ光が宿るのを見てしまった。

父親はまだ帰っていない夕刻、クレアは食事の用意をしていた。コリンは小川の水浴を終えてさっぱりしているはずだった。吊るしてあるベーコンをおろそうとして振りむいたとき、そこにコリンの目があった。その瞬間に彼は顔をそむけ、ラジオに聞きいっている振りをした。クレアも必死で気づかぬ振りをしようとした。しかし無理だった。せりあがる悲鳴と涙をかろうじて抑えながら、くずおれた。ドアがバタンと鳴った。コリンが走り出ていった。

「あの一瞬は一生忘れられない。この世がガラガラと崩壊したわ。信じていたただ一人の人だった……」

父親に組み伏せられるのを堪えた、胎児をおろすのにも堪えた、しかしコリンの目に父親と同じ光を見てしまっては、もう堪えきれない。

「私は遅すぎる決心をしたの」

母親と同じように早朝、オークフィールド・ロードをどこまでもどこまでもまっすぐに歩きだした。念のためにたのしい思い出を胸によみがえらせてみた、それでも決意は鈍らなかった。

二度と帰るつもりのないこの荒野同然の地にやがて日がさしはじめるだろう。昨日と同じように。明日も同じだろう。何も変らない。しかし私がいないことで父親とコリンの暮らしはどうなるのだろう。……変らない。

母親はどんな気持を抱いてここを遠ざかったのだろう。歩きながら、クレアによろこびはなかった。

「臆病な男たち、農場を出られない、しがみついてるしか能のない弱虫、鬱憤の捌け口にされたおかげで私は捨てる勇気がもてたってものよ」

悲しい憤りがクレアの全身を震わせる。

母親と違い頼る人はいなかったクレアだが、男たちに比べて勇気があったわけではない、捨てる以外に術はなかった、男たちから逃げた。

「そうして私はレタケニーにきたの、エドモンド・ホテルでメイドを始めたわ」

私は神を信じない、けれど人間をもっと信じない、そんな気持だった。

「思いつめた果ての決心のつもりだったけど、いきついたところはすぐ近くの町、私は臆病だった。あの人たちは何もせず、見つけようとする代りに神に祈るだけなのよ。私はといえばさして遠くないこの町で希望なんてすぐに消え、ただひっそりと生きてきた……」

あるいは村人がきてクレアを見かけたかもしれない、その可能性はないとはいえない、父親に知らされたかもしれない、だが連れもどしにはこなかった。おかげで私は一人で生きてこられた。母親がどこかの地でそうしただろうように。

不運はさんざん味わってきた。それでも不運に甘えたくはなかった。

「生きていくのがやっと。でも家よりはましだった。似たような境遇の娘がお金のためにショーツをおろしたけど、私はしなかった」

手助けしたいという男もいた。人のいい客はいたわ、だけど違うのよ。そういう人に心をのぞかれたくはない。信頼はしない。

無関心を装いながらその目には好色な光をたたえている、そんな男たちばかり、あんな目に女の心を読みとる力はないわ、と切り捨てる。一人がいい、気遣うこともなく遠慮もなく、自由でいられる。

世のなかを浮き沈みするより沈んだままがいい。その位置からのクレアの視線は変らない。初めのころは一喜一憂したこともあった、そういうことを経て得た心境だった。淵の底でいつも一所懸命だった、そうして空虚だった。

ところが不可解なことに、長い年月がすぎた今、こうして一人で暮らして分らなくなってきた。あの閉ざされた世界に生きることも一つの生き方には違いない、懐かしくさえ肌が感じてしまう。そんな自分に、これからもここで静かに暮らしていくと反発するのだが。

しかしそういうそばから、クレアは故郷への思いを口にした。

できるなら帰りたい、あの家で家族と暮らしたい、兄と。それがいやで出奔したというのに、今でもあのころを思うと苦痛がよみがえるのに。

ときにはふっととらわれることがあった。おろしてしまった子供だった。昔の自分にたずねるの、あんたは何でおろしたの、あんたの血であり肉だったのよ。あのときは迷うこともなかった。父親に従うだけ。生めるはずがなかった。生んでいたら子は、クレアにその存在自体で一生罪を突きつけることになる。それなのに喪失感にとらわれるのだ。

「このごろ思う、コリンは修道士よりも修道士じみた暮らしなんだろうなって」

今でも農場の生活しか知らないのだろう、そこで朽ち果てていく運命なのだ。愚直なまでに肉体労働に励み、らくをしようという計算などしない。一日一日の労働をこなしていくばかりで、疑問も抱かず、自分を育てようとさえ思いいたらない。

あのあたりの丘に住んでいるのは独り身の男ばかり、やせて小さな農場と結婚した男ばかり。農家で一人暮らすのは淋しい、若いころには、あんたにもあんたの人生ってもんがあるだろうと、そういう機会を逃してしまった年上の独身男に出ていくことをすすめられたのではないか。そういうことがあったとしてもコリンには決断できなかっただろう。

相変らず金がたりず農作業に追われて苦しいに違いない。年がいけばチェーンソーで生垣を刈りこむのもらくではない。コリンもいつまでも若くはない。あるいは父が死んでしまい一人になってとどまる意味を失い、農場を手放し、飲んだくれて、もとは救貧院だった養老院にいるだろうか。

それもありうる、しかしコリンのことだから一人になってもとどまっているのではないか。煙草をふかしながら窓辺の椅子に腰掛けて夕焼けを眺めることもあるだろう、そんな姿は穏やかそうでも、みんないってしまったと途方に暮れているのかもしれない。

「けっきょく父もコリンも自分自身を静かに見つめるなんてこととは無縁だったと思う。私だって同じようなものだけど」

未来はひらかず、男への認識も変らずきてしまった。

ふっとクレアは笑った。「あの日々の私も幸せだったのかしら……、そんなふうに考えこんでいる自分に気づくの」

クレアの物語は終った。

「コリンの目にあふれていたものを何度も何度も考えたけれど、考えるほどに分らなくなったの」

私が教会や世間にくもらされた目で受けとめていたのかもしれない。

それは今もつづく。見つからない答を求めて視線をさまよわせた。

「だけどコリンだって避けて逃げだしたわ。ということは……、分るでしょ」

クレアは泣いた。言葉もなくオサムは傍らにいた。

どのくらいの時間が過ぎたのだろう、やがてクレアは落ちつきをとりもどした。

「ごめんなさいね、話してらくになった」

「地球の向う側の人だから話す気になれたといいましたね」

僕はあなたの声に傷ついた人の響きを見ました、とオサムはいった。出会ってすぐにそんなふうに感じとっていた。それは私もまったく同じよとクレアは返した。

「でもそれだけでない、あんたがまず自身を語ってくれた、なぜ日本を捨てるつもりになったのか、なぜ捨てた日本へ帰っていくのか、それを聞いて私は見つめなおす気になった、自分と同じ何かを感じたの」

「ずっといえなかったというのは分ります、僕には衝撃でした、正直にいって恐ろしい、信じられない、というより信じたくない」

「神父さんが子供に悪戯をする話と同じくらいありふれてるわよ」とクレアは返す。「あってはならない、おおっぴらにはできない、けれど実際にある話」

オサムは顔を歪めた。

沈黙ののちクレアは口をひらく、「コリン、私を覚えているかしら」

「いってみたらどうですか……、気持の整理にもなる」

「気持の整理……」つぶやきながらクレアは目をとじる。

コリンがそこにはいてクレアの知らない家庭が築かれているかもしれない、あるいは老いた姿で一人なのかもしれない、いってみれば分る。父親がどうなったかも。

「そうね……」

「何ならお供しますよ、レンタカーを借りれば二時間もかからないんじゃないかな」

同じドネゴール州のなかなのだ。

クレアは迷い考えるふうだ。

「あなたを連れていきたいし、自分でその地とコリンとをじかに確かめてみたい。……隣合わせだけれどイギリスとアイルランドは違う、あなたがそうおしえてくれた」

自然と人との関係がまったく違う。イギリスでは感じなかったプリミティヴでむきだしな結びつきがアイルランドを独特なものにしている。この国の風土というものは大地とそこに生きる人間とが結びついて醸しだされた。洗練され人工的なイギリスに比べると対照がきわだつ。あるいは支配した国とされた国の違いもあるのかもしれない。

「いきましょう」とオサムはくりかえした。

「決心つかない、いきたくないのよ、その気になればいけたのにずっといかなかったんだから……」

「僕がいるうちに考えが変ったらいってください」

クレアはうなずいた。

オサムのレタケニーを去る日が近づく、その前にどうしてもクレアに端から端まで二十五メートル泳いでほしい。クレアも真剣になった。水中をすすむ感触を試したり、バタ足をしたり、腕の入水角度を指示どおりに試みたり。おしえた経験などないオサムが手とり足とり夢中だった。何でいうとおりしないの。私をいくつだと思ってるの。そんな詰りあいもあった。それでもクレアはあきらめず、オサムも執念を燃やす。奇跡のようにクレアの体が数メートルすすんだ。やった、クレア。思わずオサムは叫ぶ。立ちあがったクレアにオサムはハイタッチの手をさしのべる。

「お祝いしましょう」と声が弾んだ。

大袈裟よとクレアは顔をしかめる。おかまいなしにオサムは、とにかく今晩ですよと強引に念を押す。

帰り道、バーローズ・インにいきましょうとオサムが提案した。バンドの演奏があり、人々が踊る。

「踊れないわ」

「僕だって。何とかなりますよ。あの赤い服を着てください」

クレアは応じなかった。その代りに部屋で二人夕食をとろうと提案する。

バラの花弁でつくったジャムを食べたことがないとオサムがいうと、スコーンにぬってくれた。香りまでがうまい。バラの花弁のジャムなんてお伽噺みたいだった。赤いドレスとスーツ姿で踊ろうと試みた。クレアのかすかな震えをオサムは感じとるが、それをけどられないよう注意した。クレアが足をとめる。私たちには無理よ、といった。ソファーに坐り静かにワインを飲みつづけた。言葉少なに、けれどそれが気にならず、心地よかった。

「何かに熱中してるでしょ、ふっと気づいてバルコニーのほうに目をやるの、すると外は闇、私だけがドアのガラスに映ってるの」グラスを手にクレアはいう。

「あなたはどう、覚悟はついた」とクレアが問うた。

「複雑です、家のこと、生活のこと、一人でいると暗澹としてくる」

「私がいうのもおかしいけど、見つけなさい、一生をともにできる人を」

衝撃的なクレアの身の上話。男の性の始末の悪さ。オサムの父もオサムの生みの母を死に追いやった。オサムも男で、自分の欲望に苦しめられる。

女性を好きだと思うとブレーキがかかり、進展なく終るのだった。

オサムがレタケニーを去る四日前になってクレアは決心した。朝食のポリッジを煮ているところをたずねてきて、やっぱり故郷をたずねてみたいと思いつめた表情で告げた。

「迷惑とは思うけど、あんたに、連れていってもらいたい」

もちろんオサムは承知し、小さな車を借りて出発した。

ドネゴールまでは幹線道路N56、N15を走る、さらに少しいき、それた。さしてスピードを出さなくても一時間できてしまった。こんなに近いのにほとんど半世紀、疎遠だったのだ。家族もクレアを探そうとはしなかったのだろう。探そうとして探しだせなかったというのとは違う。それがクレアと家族の現実の距離なのだ。

道路沿いの小さな集落の店で一休みした。木陰の席、空は深い青色に澄んでいる。少し目を細めてクレアは眺めている。

「南国の圧倒するような眩しさはここの空にはありませんね。冬の重い灰色の空が好きだけど、この穏やかな明るさもいい」

オークやウィローの木々が葉を繁らせている。ニワトコの葉が風にそよいだ。アジサイは豪華に花を咲かせている。木々はその影をくっきりと地表に落としていた。

高ぶる気持を紛らわすかのように、「あんたは何で冬の空が好きなの」とクレアは聞く。

「理由はないんです、ロンドンで好きだったから……、アヒルが生まれて最初に目にしたものを母親と信じるでしょう、あれと同じかな、不安な気持でヒースローにおりたって、初めて目にしたのが灰色の空でした」

「私も、思わず両腕で自分を抱きしめたくなるように凍えた真冬の空が好き」

昔は一家をとじこめ荒ませるすべての象徴のようだった、こんな鬱陶しい空の下では惨めな人生しかありえない。それがいつからか、懐に抱かれる安堵を覚えるようになっていた。我慢なさいこうして守ってあげるから、と聞こえてくるという。

「人の心に物語をはぐくむ力があるのかな」とオサムは雲を探すように振りあおいでいった。

再び車を走らせた。それからが大変だった。肝心のクレアの記憶がもどらない。丘とも山ともいえそうな起伏を奥へ奥へとむかっていった。おかしいわ、村そのものが消えてしまったみたい、とクレアはつぶやく。オサムは何度か車をとめて地図を確かめながら道をえらんでいった。

その景色がしだいに荒涼とした色合いに変っていった。そうしてオークフィールド・ロードが出現した。幻のようだった。私の故郷がそこよ、とクレアのつぶやきは震える。

「恐い」

「何が」反射的にオサムはたずねた。

「コリン」

たとえ彼に会えたとしても、農家で男が独りぼっちというのは情けない光景にしかならない。

幸せなコリンは想像の外らしい。

鉄錆色した流れが見えた。あれが自分たちの浸かった川かしら。水面の輝きが見てとれる。針のようにとがったイグサが生えている。家も家畜の姿も見かけられない。しばらくいくと人が住んでいるとは思えない家があり牧草地があった。土地の痩せようは生えている草で分るほどだった。このままなら荒地にもどってしまうだろう。もともと荒地だった自然に回帰していく。

その景色でクレアの記憶も掘りおこされていくようだ。

「思いだす、母の綿のブラウスのごわっとした肌触り、二人で夕食のポテトをむきながら光を感じて顔をあげると、窓辺が赤く染まっていた。コリンとの水浴、彼の胸を私がつつくとぴくりと筋肉がはねたわ、それが面白かった」

クレアは彼方を指差した。あれがコリンの丘、羊は見えないけれど。山とも呼べそうな岩場もある丘だった。コリンが一人熱いものを空しくまきちらした地。

「私はコリンが大好きだった。まだ母さんも好きだった、父さんだって……。要するに私は子供だった」

ここ、ここよ、とクレアが叫んだ。オサムは車をとめる。廃屋が残っていた。明らかに人の気配はなかった。イラクサが繁って荒んだ風景が広がっている。クレアの祖父の代から長い年月をかけて育ててきた牧草地や畑が見るからに強い植物におおわれ、荒れていた。クレアは車を降りて立ちすくむ。

「どうします?」

クレアが歩をはこぶ。オサムもついていく。こんな小さな家に住んでいたのね、とクレアはつぶやいた。一階はキッチンが隅にあり食堂兼居間でもある部屋一つ、二階には寝室が二つ、それだけだった。

「あのころは狭いと思ったこともなかったけれど……」

二階の天井が抜け、スレート屋根が落ちて空がのぞいていた。梁や柱や壁は雨風にさらされてすべてがくすんだ土色だった。一階にはテーブルや椅子が残っていた。キッチンには鍋や薬缶もあり、ほこりをたっぷり被っている。

クレアの夢見た故郷の家だった。人間の営みの空しさを象徴する廃墟だった。

クレアは一つの柱に手をあて上から下へとたどっていった。確かコリンがつけた疵があるはず……。見つからなかった。

帰りましょうとクレアは踵を返して外へ出た。微風になでられ日に照らされて髪がゆらめいた。

「いつも風が吹いてたわ……」

どこかに遠い日のコリンや自分自身がいるかのように、じっと空を見上げ荒地を眺める。そこへもどりたいのだろうか。クレア自身が捨てられているそこへ。

そんな彼女をオサムは見つめる。

「きっと村は離散して誰も住まなくなったのね」

コリンはここで死んだ、クレアには他の地で生きる彼を考えられない。

「教会にいってみますか」

「やめとく」

「でもコリンの消息は……」

「もういいの……。消えちゃった」

「えっ」

「私の故郷、私の大地」

長い年月の後に今ここにいる、そんな感情がクレアの顔に浮いていた。

この廃屋がクレアの見るべきものだったのだろうか。イラクサやイバラが茂るなか、アザミが紫色の花をつけていた。

いつまでも昔風にとざされた、その性格ゆえに消えていった村だった。

「ごめんなさい」とオサムはいった。

「何で謝るの」クレアの声は震えた。

雲が流れていく。

「帰りましょう」

オークフィールド・ロードはうしろへうしろへと遠ざかっていった。

レタケニーへもどる車のなかでクレアは一言もしゃべらなかった。一点を見つめるようにして身動きさえしないのだった。

「何考えてるのですか」堪えきれなくなってオサムはたずねた。

「村には言い伝えがあったの。弱って死ぬのはいや、そのときがきたら西へ旅立とう、西へ西へ、そこには断崖がある。蒼いアトランティック・オーシャンにのみこまれ、別の命を手にする……」コリンもそうしたというかのように語った。「いまだに分らない、あの人が本当の父親なのか。……コリンは知ってたのかしら」

断定できないところに、かえってクレアの心が透けていた。本当の父親ではない……。どん底でつくりだした幻想だろうか。

夏が始まろうとしている、にわか雨がとおりすぎていく。大きなちぎれ雲、周りの青い空からの輝きは変らないのに。出かけるときの昂揚は失われ、クレアは堪えようと戦っている。

オサムは声をかけず運転に集中する。レタケニーに近づき、丘の上から聖エナン教会の尖塔が見えた。いつもどおりにそびえていた。広がる町の風景も同じだった。小さな町ではあるがそれでもドネゴール一の大きさで、丘から見れば四方に伸びている。そこにいるだろう人間たちは小さすぎて見えない。クレアにしてもオサムにしてもそういう人間の一人なのだ。

町中にはいりオサムはメインストリートをくだってアパートのそばに停車した。つきましたよと告げた。我に返ったクレアは上体を立てる。僕は車を返してきますと、オサムはクレアに降りるようながした。

クレアは部屋に引きこもったままだった。気にはなったがオサムからもたずねない。翌日も顔を合せなかった。部屋の掃除をしながら、日本のこと、とりわけ育ててくれた母親のことを考えていた。

別れの前日クレアはやっと顔を出す気になったようだ。待っていたオサムはベルの音と同時にドアへ走った。顔を合わせたとたんに彼は表情を変えた。目には生気がありながら、顔全体はひどくやつれていた。

「大丈夫、私はこうなってから強いの」とクレアはいった。「予想はしていたけど実際に確かめてしまうと、やっぱりね……」

声は出さずにオサムはただうなずいた。

二人は散歩に、昔墓だった丘をめざした。午後の日が物悲しい輝きを放っていた。

「コリンの運命を思ったわ……」

それはクレアの捨てた父親を頂点にした一家の一員としての運命ではなく、彼の実際に受けとめていたもっと広い意味の運命だった。動物や植物は何も考えない、風が吹き雨や雪が降る自然にくみこまれて存在する。そのことを、受けいれるという意識もなくただ受けいれる。生まれおちて定めのときを生き、死ぬときがきたら消えて、土の肥しになる。コリンもあの土地でそんなふうだった。それが彼の受けとめていた運命。

「コリンは幸せだった。私なんかよりずっと幸せだった。あの地で苦しいことも哀しいことも、もちろん喜ばしいことも、みんな美しかったんじゃないかって思う、本人は気にもとめなかったでしょうけど」

クレアは深く吐息した。

「あんたはどう思う？　向う側ではこんな考えは通用しない？」

オサムには答えられない。目を見張り、ただクレアを凝視した。

クレアは見かえしている。どう？　と問うている。

胸の底が燃えていた。同じ人間だものとつぶやいてみた。コリンにはなりたくないし、なれない。人の知恵には限りがある、答はない、と胸の内でいった。

それでも胸の炎は消えない。

一陣の風がオサムの髪を震わせた。それを目にしてかクレアも我知らずというように己の髪に手をやる。今ここにいるということがオサムは分らなくなる。

「コリンに会えていたなら私は何といったろう……」

どうにもならない懐かしさに痛みがぶりかえすようだ。人気のない荒涼とした牧草地で素っ裸になって羊にいどむ孤独なコリン。


オサムがレタケニーを去るとき、クレアは見送りにバス・ステーションまでついてきた。待合室で待ちながら、あなたのおしえてくれた白菜の炒め物をつくってみるわ、といった。オサムは黙って頰笑みかえす。心の底には昨日クレアの語ったコリンの運命がくっきりとしたままだった。

「あんたとはらくに交われた。奇跡だったわ」

「つぎは、それがアイルランドの人だといいですね」

クレアは静かな笑みを浮かべる。

「あんたに会えてよかった」

「僕こそ……」

自制しているのかクレアに涙はない。

アイルランドにきた意味があった。いいつくせないものを得たのかもしれない。

ダブリン行きのバスがはいってくる。別れが近づいた。おそらく二度と会うことはない。手紙も書かないでとクレアはいったのだ。手紙だけのつながりなら切れたほうがいい。

頰と頰とを合わせキスをかわし、たのしかったとクレアはこみあげるものをこらえる。オサムはまた体を寄せた。彼女が同じ思いでいるのも分った。ありがとうと最後の言葉を口にしてまわした腕に力をこめた。それからバスのステップに足をのせた。

バスは発車した。遠ざかり、小さくなっても、クレアは手を振りつづける。

クレアの頭上にも、走るバスの上にも、青い空があった。天穹はまるい。

あとがき

二十年世話をしてきた母を施設にいれ、アイルランドに旅立った。慌ただしい出発で何の準備もなかった。ダブリンについてどこに居を定めていいか途方にくれたが好きだった灰色の雲を目指した。西でも南でもない北だと考え、最北のドネゴール州にきたのだった。レタケニーにやっとアパートを見つけた。

アイルランドを舞台にしアイルランドの人々が登場する作品をいくつか書いた。私の胸にあるアイルランドの印象、イメージをできるだけ作品にあらわしたかった。雨と風のドネゴールはアイルランドの最もアイルランドかもしれない。究極のアイルランド、偶然だがそこに住めた。灰色の空をあこがれ北を目指したのは正しかったと思う。ずっといきたいと願っていた国にやっと住めたのだ、私は毎日レタケニーの町をふらふらと出歩いた。

旅は好きではないがたまには出かけた。ウィックロウへのバスツアーだった、私は運転手兼ガイドのすぐ後ろの席につき、何かと聞くことにしていたのだが、そのときの女性の乗務員は気さくに答えてくれた。何気ない話の中で彼女が、キリスト以前のドルイドの人たちと以後の現代につながる人たちと協定して住処を地上と地下に分けたのだと説明してくれた。もちろんこれは伝説のようなものだが、聞かされた私には衝撃だった。

彼女はまた川辺のキャンピングカーのそばで女が小さな子供を椅子に坐らせ髪をくしけずっているのに目をやり、アイルランドのジプシーだとおしえてくれた。私らと馴染もうとはしないというのだった。

私のなかで地下に潜った人たちとジプシーとが結びついたのだった。


長い歳月と自分では感じるのだが、ずっと小説を書きつづけてきて、たくさんの方たちと触れ合うことができた。いろいろな意味で触れ合えた一人一人の方がいなかったなら書きつづけられなかったのではないかと考える。

そのすべての方々に感謝します。ありがとうございます。おかげでこの一冊もできました。まだ書くつもりです、これからもよろしくご指導ください、お願いいたします。

〈著者紹介〉
塚越　淑行（つかこし　よしゆき）
栃木県足利市生まれ。
慶應義塾大学卒業。

緑の国の沙耶

定価（本体1500円+税）

乱丁・落丁はお取り替えします。

2017年 11月 19日初版第1刷印刷
2017年 11月 25日初版第1刷発行
著　者　塚越淑行
発行者　百瀬精一
発行所　鳥影社 (www.choeisha.com)
〒160-0023 東京都新宿区西新宿3-5-12トーカン新宿7F
電話 03(5948)6470, FAX 03(5948)6471
〒392-0012 長野県諏訪市四賀 229-1(本社・編集室)
電話 0266(53)2903, FAX 0266(58)6771
印刷・製本　モリモト印刷・高地製本

ISBN978-4-86265-629-2 C0093